ADUNIAD

Diolch o galon i Bethan am glawr ymhell tu hwnt i'r disgwyl, i Meinir am olygu trylwyr a meddylgar, ac i Delyth am wneud y cyfan yn bosib.

Aduniad

Elidir Jones

y lolfa

Noddir gan
Lywodraeth Cymru
Sponsored by
Welsh Government

CYNGOR LLYFRAU CYMRU

ISBN: 978 1 80099 501 7
Argraffiad cyntaf: 2023

Llun y clawr: Bethan Briggs-Miller

Mae'r prosiect Stori Sydyn/Quick Reads yng Nghymru yn cael ei gydlynu gan Gyngor Llyfrau Cymru a'i gefnogi gan Lywodraeth Cymru.

Argraffwyd a chyhoeddwyd gan
Y Lolfa, Talybont, Ceredigion SY24 5HE
gwefan www.ylolfa.com
e-bost ylolfa@ylolfa.com
ffôn 01970 832 304

EBRILL 30, 2023
21:32

Atseiniodd cri tylluan drwy'r coed tywyll. Ymhell oddi tano, yn cynhesu ei hun wrth y tân, bu bron i Alun neidio o'i groen mewn braw.

Chwarddodd Celt yn isel wrth brocio'r preniau llosg. Tynnodd ei gôt yn dynnach amdano.

"Dy syniad di oedd y busnes gwersylla 'ma, Alun bach," meddai'n chwareus, "a ti yw'r un sy'n neidio ar bob cysgod. *Cool head,* 'chan."

Daeth chwa o wynt oer rhwng y coed. Herciodd y fflamau fel dyn meddw, cyn diffodd yn llwyr.

"Daro!" meddai Celt, a tharo ei botel gwrw drosodd wrth ymdrechu i ailgynnau'r tân.

Baglodd Emyr ymlaen i helpu, gan dyrchu yn ei fag anferth am daniwr sigaréts a rhubanau tenau o bren. Daeth o hyd iddyn nhw o'r diwedd dan fap llawer rhy fawr, potel ddŵr poeth, a phedwar pâr o drowsus.

Ar ôl gwylio'r ddau'n cwyno ac yn rhegi am ddeg munud, heb yr un fflam yn ymddangos, camodd Dan o'r cysgodion.

"Gadewch hyn i fi," meddai'n dawel. O fewn hanner munud roedd tân newydd sbon yn rhuo, a Celt yn estyn yn eiddgar am baced o *marshmallows*.

"Bear Grylls fan hyn," meddai dan gellwair, yn methu â chuddio'r balchder yn ei lais. "Pwy fyddai 'di meddwl? Yn y coleg, os nag oedd 'na siop gebábs ac *off-licence* o fewn golwg, roeddet ti'n torri mas mewn chwys oer."

Agorodd Dan botel arall o gwrw.

"Mae 'na bymtheg mlynedd ers hynny," meddai, bron wrtho'i hun. "Mae pethau'n newid."

Closiodd y pedwar at y tân, yn falch o'r pwt o oleuni a gwres. Ymhell i ffwrdd oddi tanyn nhw, disgleiriai ychydig o oleuadau yn y pellter, o gyfeiriad Cwm Rhymni – tai a thafarnau, ac ambell archfarchnad yn cau am y nos.

Roedd golau'r tân yn amlygu'r wynebau crychiog, a'r pennau oedd yn dechrau moeli. Mor wahanol i wynebau'r bechgyn naïf a diniwed ddaeth at ei gilydd ym Mhrifysgol Aberystwyth tua dechrau'r ganrif.

Oedd. Roedd pethau'n newid.

EBRILL 23, 2023
15:00
ALUN

AM DRI O'R GLOCH ar brynhawn Sadwrn llwm, wythnos yn gynharach, glaniodd yr un e-bost mewn tri mewnflwch gwahanol.

I: carwyncelt69@hotmail.co.uk, emyr@emyrmedia.cymru, dan_moyo@protonmail.com
Gan: alunaubrey@gmail.com
Pwnc: Aduniad

Haia bois! Ers talwm!

Reit, digon o banter. Mae hi 'di bod yn rhy hir ers i'r 'Aberystwyth Four' fod efo'i gilydd. Priodas Dan, ia? Bywyd arall. 2018 CC – Cyn Corona.

Does neb wedi mwynhau'r clo mawr, a dydy pethau ddim wedi gwella lot ers hynny, nag'dyn? Mae pawb yn haeddu brêc. Al to the rescue!

Dwi 'di trefnu dau ddiwrnod o gerdded a noson o gampio i ni. Wythnos i HEDDIW. Cwm Darran, wrth ymyl Bargoed. Llwybrau yr un mor neis â'r Bannau, ond does neb yn mynd yno achos… wel, pwy sy'n meddwl heicio yn y Cymoedd?

Ni! Dyna pwy!

O fan'cw mae fy nheulu'n dod, felly dwi'n nabod y

lle'n iawn. Mae'r llwybr wedi ei fapio gen i, a dwy babell wedi eu sortio. Y cyfan dwi angen gennych chi ydy:

-Dillad cerdded call

-Digon o gwrw

-Dim esgusodion!!

Edrych ymlaen at glywed yn ôl. Llongyfarchiada eto ar 'Cân i Gymru', Ems. Dan, gobeithio bod y babi yn cadw'n iawn. Celt, stopia chwara efo hwnna, y sglyfath.

Llai na deg munud wedyn, daeth yr ateb cyntaf yn ôl fel bwled o wn.

I: alunaubrey@gmail.com, emyr@emyrmedia.cymru, dan_moyo@protonmail.com

Gan: carwyncelt69@hotmail.co.uk

Pwnc: RE: Aduniad

Ha! Ti'n nabod fi'n rhy dda, Alun Amlwch! LEJEND! Sesh fach i fi fy hun ar y trên o Abertawe, a gei di bigo fi lan o'r stesion agosaf. Mae'r cwrw gen i'n barod, digwydd bod. ;)

Gwenodd Alun wrtho'i hun wrth groesi enw Carwyn – neu 'Celt' i bawb ond ei fam a'i dad – oddi ar ei restr. Cyn bo hir, daeth yr ail ateb roedd o wedi bod yn disgwyl amdano.

I: alunaubrey@gmail.com, carwyncelt69@hotmail.co.uk, dan_moyo@protonmail.com
Gan: emyr@emyrmedia.cymru
Pwnc: RE: RE: Aduniad

Alun, Dan a Celt! Wel wir! Y gang gyda'i gilydd unwaith 'to!

Diolch am y cyfarchion, Al. Ie, doedd dod yn ail ar #canigymru ddim yn rhy ddrwg – *foiled* gan fotiwrs Ynys Môn! Pwy fyddai'n meddwl?

Pethau ddim yn mynd yn ddrwg, ta beth. Yn y stiwdio nawr 'da band o'r enw Pazuzu. Roc trwm, ond eisie i fi roi bach o sglein arnyn nhw er mwyn cael blas o bei Radio Cymru. Methu chwarae offerynnau o gwbl. Bois ffein.

Angen mynd nawr i'w rhwystro nhw rhag canu fel cathod yn marw, ond wrth gwrs y bydda i yna! Allith e ddim bod yn waeth na thrip rygbi Dulyn 2006 – sôn am chwalfa!

Wela i chi mewn wythnos!

Plethodd Alun ei fysedd â'i gilydd yn falch, cyn disgwyl am yr ymateb olaf. Aeth awr heibio... yna dwy... yna tair.

Toc cyn amser gwely, crynodd ei ffôn yn ei boced.

I: alunaubrey@gmail.com, carwyncelt69@hotmail.co.uk, emyr@emyrmedia.cymru
Gan: dan_moyo@protonmail.com
Pwnc: RE: RE: RE: Aduniad

S'mai, bawb. Sori i'ch siomi chi, ond mae petha braidd yn brysur fan hyn. Y tŷ'n disgyn i lawr (yn llythrennol), yr ardd fatha rwbath o Jumanji, y gath 'di torri coes wythnos diwetha, a Gwyneth fach yn sâl. Wnaeth neb fy rhybuddio i bod babanod yn chwydu gymaint.

Gwaith Becs yn nyts hefyd, heb sôn am fy job i. Os oeddach chi'n meddwl bod gwaith cartra'n boen, trïwch ei farcio fo bob nos.

Meddwl fydd rhaid i mi aros adra tro 'ma. Mwynhewch!

Gwnaeth Alun ei ddwylo'n ddyrnau, gan baratoi i saethu neges anffodus iawn yn ôl. Dechreuodd rowlio sigarét, yn meddwl am y ffyrdd mwyaf caredig o ddweud wrth ei hen ffrind i fynd i grafu, pan grynodd ei ffôn eto.

I: alunaubrey@gmail.com, carwyncelt69@hotmail.co.uk, emyr@emyrmedia.cymru
Gan: dan_moyo@protonmail.com
Pwnc: RE: RE: RE: RE: Aduniad

Newydd gael fy nal yn gwneud waltz rownd y gegin efo'r gath yn fy mreichia, yn canu 'Sebona Fi' iddi hi. Becs wedi fy siarsio i fynd efo chi.

Ella bod gormod o amser 'di pasio wedi'r cwbwl. Wythnos nesa amdani.

Cymerodd Alun lond ei ysgyfaint o fwg ac eistedd yn ôl wrth i olau'r lleuad ddechrau gwasgu ei ffordd trwy lenni ei ystafell.

Roedd y penwythnos nesaf am fod yn un i'w gofio.

EBRILL 30, 2023
22:44

ATSEINIODD TONNAU O CHWERTHIN dros Gwm Darran.

Roedd y cymylau wedi gwahanu, y lleuad llawn yn disgleirio, y gwynt wedi distewi, a'r tân bellach yn clecian ac yn dawnsio.

Wrth i'r noson fynd yn ei blaen, daeth straeon y criw yn fwy gwyllt – ac yn fwy swnllyd. Erbyn i fwy o oleuadau ddiflannu yn y cymoedd oddi tanyn nhw, roedd Celt ar ei draed, a'r tri arall ar lawr o'i amgylch fel plant bach yn gwylio consuriwr mewn parti pen-blwydd.

"Y'ch chi'n cofio?" bloeddiodd Celt, y cwrw yn ei law yn tasgu i bob cyfeiriad. "Chi'ch tri yn cerdded 'nôl o'r rhyng-gol, llond bol o gwrw, llond ysgyfaint o fwg drwg, a dyna groeso gawsoch chi gen i yn ôl i Bantycelyn! O, 'na chi sbort! Chi'n cofio?"

Roedd Emyr yn chwerthin cymaint, bu'n rhaid iddo rwystro ei sbectol rhag disgyn oddi ar ei drwyn.

"Wna i byth anghofio dy weld di ar do'r neuadd," llwyddodd i ddweud o'r diwedd, "yn chwifio baner Owain Glyndŵr yn dy *birthday suit*, ac yn rhuo canu *greatest hits* y Manics! Sut gest ti aros yn y coleg ar ôl hynny, gwed?"

"*Who you know*," atebodd Celt, gan anelu winc at ei ffrind. "Fy ewythr oedd pennaeth seciwriti Pantycelyn, cofia. A dy fam di'n un o *execs* y BBC, Ems, a tithe'n cael joban reit deidi'n cyflwyno ar Radio Cymru 2. Pwy fydde'n meddwl?"

Cododd Celt ei ddiod.

"Hir oes i Gymru fach!" meddai, a llowcio gweddill ei gwrw mewn un. Ymunodd pawb yn y chwerthin, hyd yn oed Emyr. Roedd yn amlwg i bawb pam gafodd o'r swydd ar y radio, a dim llawer o bwynt gwadu'r peth.

Tawelodd y criw wrth wagio eu caniau. Aeth Celt ati i chwilota am fwy.

"Do'n i erioed yn lecio'r rhyng-gol," meddai Dan o'r diwedd.

"Jiw, roedd e'n sbort," atebodd Emyr. "Sesh fwya'r flwyddyn, a chyfle i herio pawb oedd yn ddigon gwirion i astudio ym Mangor. Be well?"

Cymerodd Dan gwrw arall gyda golwg sur ar ei wyneb, cyn parhau i siarad.

"Gest *ti* byth y fraint o orfod esbonio i foi *hyfryd* o ben draw Llŷn dy fod ti *yn* Gymro go iawn, er bod dy dad yn digwydd dod o Zimbabwe. A hynny tra bod Ashokan yn gwneud y sŵn mwya uffernol fodfeddi o dy wyneb ar y pryd. Wnes i'm clywed hanner y geiria ddaeth o ben y boi 'na o Lŷn, ond dwi'n siŵr eu bod nhw i gyd yn *racist*."

Daeth tawelach trymach fyth dros y gwersyll. Roedd y tri arall yn anghofio o bryd i'w gilydd fod Dan wedi cael mwy na'i siâr o helynt yn Aberystwyth.

"Dwi'n teimlo weithia fel taswn i 'di wastio'r tair blynedd 'na," aeth Dan ymlaen. "Ddim 'di gwneud y mwya o'r peth. Ofn gwneud, ella. Roedd gen ti'r tîm rygbi, Celt. Titha'r côr, Ems, a'r capel. Alun a'i nosweithia *nu-metal*. Be oedd gen i? Cebáb, potal fawr o Southern Comfort, a holl gyfresi'r *X-Files* ar DVD."

Sgrechiodd y dylluan eto – yn bellach i ffwrdd y tro hwn, ond yn dal i fod yn ddigon agos i ddychryn Alun.

"Od ein bod ni'n ffrindiau mor dda hefyd," mentrodd Emyr, "a ninnau mor wahanol."

"Y noson gynta 'na yn y Llew Du,"

atebodd Celt yn hyderus. "Noson bwysica'r tair blynedd cyfan. Tase'r pedwar ohonon ni ddim wedi eistedd wrth y bar ar yr un pryd a dechre sgwrsio..."

"... fydden ni ddim yma rŵan," gorffennodd Alun yn freuddwydiol. Trodd bawb arall ato, fel petai'r tri ohonyn nhw wedi anghofio ei fod yn bodoli.

"Olreit, Al?" gofynnodd Celt. "Ti bach yn dawel heno."

Edrychodd Alun i fyny. Holltodd gwên ar draws ei wyneb fel bwyell drwy goeden.

"Wir ddrwg gen i," meddai, a dal ei gwrw newydd ei agor o dan ei ffroenau. "Diwrnod hir."

EBRILL 30, 2023
05:05

Roedd Alun wedi bod ar ei draed ers oriau mân y bore – yn gwneud yn siŵr bod digon o fwyd wedi ei bacio, dim tyllau yn y pebyll, a'i fod yn cofio pob modfedd o'r llwybr.

Hyn i gyd ar lai na thair awr o gwsg. Byddai wedi medru saethu'r dylluan 'na oedd yn mynnu clwydo y tu allan i'w ffenest.

Erbyn i bawb ddod at ei gilydd yng ngorsaf Bargoed – Celt wedi dal y trên o Abertawe, Emyr wedi ymuno o Gaerdydd, a Dan wedi gwneud y daith hir i lawr yr A470 o'r Bala – roedd llygaid Alun yn teimlo'n drwm. Gorfododd ei hun i ddeffro gyda phaned o goffi du mewn gwesty i lawr y lôn, wrth i bawb wneud eu gorau i grynhoi'r blynyddoedd diwethaf mewn un sgwrs dros ginio hwyr.

Ganol y prynhawn, cyn i Celt yfed gormod i allu sefyll, penderfynodd Alun ei bod yn hen bryd dechrau cerdded. Fe fyddai Cwm Darran tawel wedi tawelu ymhellach fyth, a neb o gwmpas i dorri ar draws eu hwyl a'u gwgu ar jôcs anffodus Celt.

Gwasgodd pawb i gar Alun a disgyn allan

eto, rai munudau wedyn, ym Mharc Cwm Darran. Roedd golau cynnes, cysurus yn trochi'r wlad, gyda theuluoedd a chŵn yn chwarae'n hapus ar lwybrau llydan o amgylch llyn yn llawn lili'r dŵr a brwyn. O gwmpas y llyn codai bryniau hir wedi eu gorchuddio â thyfiant gwyllt. Roedd canolfan ymwelwyr yn taflu cysgod dros y llyn, gydag ambell blentyn yn sgipio allan gan ddal hufen iâ yn falch.

"Ro'n i'n meddwl bod hwn yn heic go iawn," meddai Celt, gan orffen can o gwrw a'i osod yn ofalus ar ben y car, "nage trip Ysgol Sul."

"Mae'n edrych yn ddigon sidêt fan hyn," atebodd Alun, gan bwyntio at gopa'r bryn agosaf, "ond i fyny fan'cw, mae'n stori wahanol. Go brin fydd 'na gerddwyr yn ddigon gwirion i aros yn llawer hirach, chwaith, efo'r haul yn mynd i lawr fel hyn. Coeliwch fi, fyddwn ni ar ben ein hunain yn llwyr. Dewch."

Cyn hir, aeth y pedwar drwy'r gât rhwng y coed, a gadael y llyn ar eu holau. Newidiodd y naws yn syth wrth i lwybr eang godi trwy hen goedwig serth, gydag ambell adfail yn llechu rhwng y brigau, a'r olaf o gerddwyr y dydd yn troedio'n flinedig i lawr y bryn.

Er bod y sgwrs yn llifo a'r chwerthin yn atseinio rhwng y coed, dechreuodd y ffrindiau ddod i ddeall y gwir yng ngeiriau Alun. Roedd y byd modern yn diflannu y tu ôl iddyn nhw'n barod, a'r wlad wrthi'n taflu ei hud dros y pedwar ohonyn nhw. O'u cwmpas roedd olion byd hŷn, yn disgyn yn ddarnau ac wedi ei lyncu gan dyfiant.

"Dyma oedd safle hen bwll glo Ogilvie," esboniodd Alun, gyda'r tri arall yn cerdded ar ei ôl a Celt yn brwydro am ei wynt yn barod. "Rownd ffordd hyn roedd fy nheidiau a hen deidiau'n gweithio, ymhell cyn i'r teulu adael am y gogs. Mae tŷ mawr y rheolwr yn dal i sefyll, ond dim ond adfeilion sydd ar ôl o gartrefi'r gweithwyr cyffredin, ac o adeiladau'r pwll ei hun."

"Do'n i'm yn disgwyl *guided tour*, Al," meddai Celt, ei fochau'n goch a'i ysgyfaint yn llosgi. "Smo ti ar *Am Dro*."

"Na, ond *dwi* arno fe gyfres nesa," atebodd Emyr yn falch. "O'r diwedd."

Chwarddodd Alun yn hallt, ac edrych dros ei ysgwydd.

"Rhowch wybod os dwi'n eich diflasu chi," meddai, a chyflymu i fyny'r bryn, a Celt yn rhegi wrtho'i hun y tu ôl iddo.

Daethon nhw allan o'r coed yn y man, ac edrych dros dir bryniog, eang, agored. Doedd neb byw o fewn golwg, a dim ond pentre Deri yn y pellter i'w hatgoffa eu bod yn dal ar dir y byw, a ddim wedi crwydro i ryw fyd arall, neu i'r gorffennol pell.

Herciodd ambell ddafad o'r ffordd mewn braw, yr un ohonyn nhw wedi arfer gweld pobl ar y bryniau mor hwyr yn y prynhawn. Sawl tro, gwthiodd y teithwyr heibio i benglogau a sgerbydau defaid, wedi eu pigo a'u sgwrio'n lân gan adar a thywydd garw. Aeth ias i fyny eu cefnau wrth basio. Doedd yr un ohonyn nhw'n hoffi cael eu hatgoffa bod y byd yn lle creulon, hyd yn oed o fewn ychydig filltiroedd i oleuadau stryd a siopau'n gwerthu popeth dan haul.

Codai rhesi taclus o goed yn y pellter, wedi eu plannu a'u meithrin yn ofalus. Yn ddigon buan, roedd y ffrindiau'n camu trwy goedwig lawer mwy gwyllt, oedd wedi llyncu'r llwybr. Crwydrodd y pedwar dros fryn wedi eu orchuddio'n llwyr â boncyffion derw, gyda brigau'n ymestyn yn annaturiol i bob cyfeiriad – a phob un yn foel, er bod y gwanwyn yn troi'n haf.

"Edrych fel rwbath o ffilm Tim Burton," meddai Dan yn sych.

"Paid, wir," atebodd Emyr gyda gwên betrus. "Mae'r lle 'ma'n ddigon *creepy* fel mae hi."

Erbyn i'r criw adael cysgod y coed, roedd yr haul yn suddo tua'r gorwel, gwynt oer yn chwipio ar draws y llethrau, ac ardal agored arall yn ymestyn o'u blaenau. Y tro yma, doedd dim tai na phentrefi o fewn golwg – dim ond ambell adfail, a hen bont ar draws nant fach swnllyd, a llwybr oedd yn ymestyn fel rhuban llychlyd ar hyd yr ucheldir.

"Ddylsen ni feddwl am godi'r pebyll," meddai Alun yn dawel, yn edrych dros y tir o'i flaen fel milwr yn edrych dros faes y gad. "Does 'na ddim mwy o gysgod am sbel go hir. Mae'n syniad aros o fewn tafliad carreg i'r coed rhag ofn iddi dywallt y glaw."

"Y coed heb ddail?" saethodd Dan yn ôl, yn rhynnu'r mymryn lleiaf. "Dim lot o gysgod ganddyn nhw."

"Dyma'r gora gawn ni," atebodd Alun yn syth. "Bagiau i lawr rŵan. Pebyll allan."

"Gawn ni yfed a gweithio?" gofynnodd Celt, wrth i Emyr rowlio ei lygaid.

"Dwi ddim yn bwriadu llusgo bag llawn caniau cwrw bore fory," meddai Alun. "Cei, Celt, gei di yfed. Dwi'n dibynnu arnat ti."

EBRILL 30, 2023
23:18

PROCIODD ALUN Y TÂN yn ofalus â ffon gerdded, gan daflu cwmwl o wreichion i'r awyr. Roedd Celt wedi yfed llond ei fol o'r diwedd, ac yn eistedd yn nrws y babell roedd o'n ei rhannu gydag Alun, ei ben yn troi. Cyn hir, fel roedd pawb yn gwybod ar ôl blynyddoedd o yfed yn ei gwmni, fe fyddai'n disgyn i gysgu heb rybudd, a'r noson ar ben.

Craffodd Dan er mwyn cael golwg iawn ar y llethrau oddi tano, a'r lleuad wedi mynd i guddio unwaith eto.

"Roeddet ti'n iawn, Alun," meddai. "Dydy'r bobl wirion 'na sy'n ciwio ar gopa Pen y Fan ddim yn gwbod be maen nhw'n golli fan hyn. Mae llefydd fel hyn yr un mor braf â'r Bannau neu Eryri, yn hawdd. Do'n i ddim yn disgwyl y bydden ni ar ein pen ein hunain yn *llwyr*, chwaith. Mae'n lle hyfryd i wersylla."

Yng ngolau'r tân, gallai Dan weld bod Alun yn gwrido'r mymryn lleiaf.

"Wel," meddai Alun yn betrusgar, "i ddeud y gwir yn onest, does 'na neb yn campio achos... achos bod hyn yn erbyn y gyfraith. Does neb yn cael gwersylla'n wyllt yng Nghymru heb ganiatâd gan bwy bynnag sy'n berchen y tir."

Aeth Emyr yn welw yn syth.

"Felly ry'n ni'n troseddu?" gofynnodd, yn swnio fel petai rhywun wedi sugno'r holl wynt o'i ysgyfaint.

"Trosedd fach, fach," atebodd Alun, yn gwneud ei orau i guddio'r nerfusrwydd yn ei lais. "Fel lawrlwytho ffilm heb dalu, neu gael llwyth o bartïon yn Downing Street yn ystod y clo mawr."

"Ond os y'n ni'n cael ein dal," aeth Emyr ymlaen, ei lais yn codi fymryn, "mae fy ngyrfa radio yn y fantol, Alun! Ga i ddim darlledu i'r genedl gyda *criminal record*, siŵr!"

Teimlodd Alun ei hun yn tynhau wrth y tân, fel neidr yn paratoi i lamu ymlaen.

"Paid â phoeni, Ems," meddai Dan, yn gwneud ei orau i dawelu pethau. "Ga i'r sac ar fy mhen os dwi'n torri'r gyfraith 'fyd, ond dydy hyn ddim *mor* ddifrifol â hynny, cofia. A dydy o ddim fel petai *pawb* ar Radio Cymru'n *boy scouts*..."

"Ond," protestiodd Emyr, "Dan..."

"Iesu Grist, Emyr!" ffrwydrodd Alun. "Dydy pawb ddim fel ti, yn gwrthod gwneud unrhyw beth rhag ofn eu bod nhw'n rhoi cam o'i le! Ro'n i *angen* hyn, yn enwedig ar ôl y blynyddoedd diwetha 'ma. Angen *byw*, achos does neb yn gwbod pryd fydd y cyfan yn dod i ben!"

Daeth distawrwydd trwm dros y gwersyll. Roedd pawb yn gwybod bod Alun wedi cael amser caled yn ystod y pandemig, wrth gwrs. Pawb yn gwybod – ac oherwydd eu bod nhw'n ddynion yn eu tridegau – doedd neb wedi dweud gair.

Doedd o'i hun ddim yn fodlon sôn llawer am y peth, ond roedd ei dad wedi marw mewn gwely ysbyty ym mis Ebrill 2020, pan oedd pethau ar eu mwyaf tywyll. Wedi marw ar ei ben ei hun, yn unig ac yn llawn ofn.

Llusgodd Emyr ambell fodfedd ymlaen drwy'r tir llychlyd er mwyn rhoi llaw gefnogol ar ysgwydd ei ffrind. Yna gofynnodd gwestiwn oedd – yn dibynnu ar y cyd-destun – yn medru golygu popeth, neu ddim byd o gwbl.

"Ti'n iawn?"

Oedodd Alun cyn ateb, yn sadio ei hun.

"Y peth gwaetha oedd... nid yr angladd, na'r misoedd hir yn clirio ei dŷ, na'r alwad ffôn yn deud bod o wedi mynd. Y peth gwaetha oedd gwbod bod o *yn* mynd, a bod 'na ddim byd allwn i wneud am y peth. Yn gwbod bod y diwedd yn dod, ond dim syniad pryd... a dim gobaith."

Tawelodd Alun eto, yn gwahodd y tri arall i neidio i mewn i'r sgwrs. I ofyn cwestiynau, neu i gydymdeimlo, neu i wneud unrhyw beth i dorri'r distawrwydd.

Ond i griw oedd ddim wedi arfer â thrafod dim byd pwysicach na'r tywydd, roedd fel petai Alun yn gofyn iddyn nhw dyfu adenydd a hedfan.

Roedd hi'n rhyddhad, bron, pan dorrodd Celt y tensiwn drwy chwydu o flaen ei babell.

EBRILL 30, 2023
20:27

DAN AC EMYR ENILLODD y ras codi pebyll rai oriau ynghynt – yn benodol oherwydd bod Celt wedi mynnu "helpu" Alun, ac yn y broses wedi llwyddo i golli pegiau, gadael olion traed mwdlyd dros y babell ddrud, a rhwygo twll amlwg iawn yn y drws.

Yn y man, cododd Dan o'i stôl wersylla, gan dynnu Alun i un ochr a rhoi llaw ar ei ysgwydd.

"Wna *i* rannu pabell efo fo os ydy hynny'n well gen ti," sibrydodd Dan. "Roeddan ni yn yr un stafell ym Mhantycelyn, cofia. Mae 'na flynyddoedd 'di mynd, ond dwi'n meddwl 'mod i'n gallu stumogi ei anadl cwrw o, jyst abowt."

"Gwell anadl cwrw Celt na chwyrnu Ems," sibrydodd Alun yn ôl. "Paid â phoeni amdana i, Dan. Dwi 'di cynllunio pob rhan o'r trip 'ma, i'r manylyn lleiaf."

Erbyn i'r ddwy babell sefyll yng nghysgodion pellaf y coed, roedd y mymryn olaf o olau'r haul yn cropian dros y gorwel, a'r diwrnod yn llithro o'r golwg.

Ar yr adeg ansicr yna rhwng dydd a nos, roedd y ffrindiau'n gwbl ddibryder, ac wedi gadael y byd tu hwnt ar eu holau'n llwyr. Doedd dim babanod yn llefain, dim bosys yn cega, dim signal ffôn na chyfryngau cymdeithasol yn mynnu sylw ac amser.

Dim ond y pedwar ohonyn nhw oedd yna. Ambell dun o ffa pob wedi hanner eu cynhesu dros y tân. Llawer gormod o gwrw. Y tir gwag yn ymestyn o'u blaenau.

Roedden nhw'n oriau hudolus, yn teimlo fel petai amser wedi dod i ben, a'r byd yn sefyll yn llonydd.

EBRILL 30, 2023
23:55

LLITHRODD HANNER NOS TUAG atynt.

Roedd Celt wedi cropian i'w babell ar ôl gwneud ymdrech chwerthinllyd i lanhau'r llanast y tu allan. Yn y cyfamser roedd Alun wedi crwydro i'r goedwig foel er mwyn chwilio am breniau i'w llosgi, mewn ymdrech i ymestyn y tân am rai munudau eto a gwthio yfory ymhellach i ffwrdd.

Ger gweddillion y tân, eisteddai Dan ac Emyr ochr yn ochr. Roedd y ddiod olaf wedi mynd, a'r ddau'n teimlo fel petaen nhw wedi dal i fyny yn llwyr ar ôl blynyddoedd ar wahân. Ond gyda'r olaf o'r ddiod, roedd eu sgwrs wedi sychu'n rhyfeddol o gyflym.

"Felly, beth nawr?" gofynnodd Emyr. "Beth mae rhywun i fod i'w wneud o amgylch y tân? Adrodd straeon ysbryd?"

"Paid â 'nhemtio i," atebodd Dan, wrth i wên chwarae ar hyd ei wefusau.

"Anghofies i," chwarddodd Emyr. "Erioed wedi nabod athro mathemateg sydd mor hoff o... wel, nonsens."

"Dydy llên gwerin ddim yn *nonsens*, Ems.

Mae'n gofnod o'n hanes ni… o'n credoau… yn yr un ffordd â cherddoriaeth, neu lenyddiaeth, neu chwaraeon. Ond yn lot mwy o hwyl, yn fy marn i."

Ochneidiodd Emyr yn ddramatig cyn i synau blin nofio tuag atyn nhw o'r goedwig, wrth i Alun faglu dros ei draed yn hel pren.

"Tyrd 'mlaen 'te," cwynodd Emyr. "Rho stori i fi."

Eisteddodd Dan yn ôl yn falch.

"O'r ardal yma? Wel, mae gen ti ambell le amlwg sy'n llawn bwci-bos, 'de. Llancaiach Fawr. Sgêr. Y Skirrid Inn. Lot o'r straeon wedi eu creu i ddenu twristiaid, debyg iawn. Lot o forwynion tafarn, meistri creulon, drysau sy'n cau'n glep pan mae 'na dwristiaid yn digwydd bod yno. Lot o… *nonsens*."

Anelodd Dan winc at Emyr, a chwarddodd yntau, gan dynnu ei gôt yn dynnach amdano.

"Gwir, mae 'na ambell stori hŷn rownd ffor'ma," aeth Dan ymlaen. "Hanesion am Wrach y Rhibyn ac ati – ond…"

"A pwy ydy hi?" torrodd Emyr ar ei draws. "Gwrach, meddet ti? Dwi wedi bod yn edrych am bwnc ar gyfer sioe gerdd newydd. Swnio'n ddigon sbwci."

“Dwi ddim yn meddwl ei di’n bell iawn efo’r Urdd yn gwneud sioe am Wrach y Rhibyn,” mentrodd Dan. “Does ’na ddim lot o straeon mwy dychrynllyd yng Nghymru gyfan. Rhywbeth tebyg i *banshee* y Gwyddelod – ysbryd sy’n sgrechian yn uchel pan mae rhywun ar fin marw. Fel arfer mae’n treulio ei hamser o gwmpas nentydd a chorsydd ganol nos. Rêl *charmer*.

“Ond tra bod y *banshee* yn gallu bod reit urddasol, pan mae hi isio, mae Gwrach y Rhibyn fel rhywbeth mewn hunllef. Gwallt a dillad llaes sy’n dduach na’r nos, ei chefn hi’n gam, ei chorff hi’n denau, ac ewinedd fel cyllyll ganddi. Adenydd hefyd, meddai rhai, achos ti’n gwbod be sy’n waeth na gwrach? Gwrach sy’n *hedfan*!”

Chwarddodd Emyr eto – yn fwy nerfus y tro hwn – a chau ei gôt yn dynnach fyth.

“Mae’n hen stori,” meddai Dan, yn dod yn agos at sibrwd. “Yn hŷn na lot o drefi’r Cymoedd, yn sicr. Ond un oedd yn cael ei hadrodd o gwmpas fan hyn tan yn reit ddiweddar. Ti’n gwbod be maen nhw’n ddeud, Ems?”

Plymiodd Dan ei sawdl i ganol y cols gan

ddiffodd y tân, a gyrru un cwmwl olaf o fwg yn pesychu tua'r awyr dywyll, cyn i'r cwbl lonyddu.

"Does dim mwg heb dân!"

Ar hynny, cafodd llwyth o breniau eu taflu i ganol y gwersyll, gan wneud i Emyr – a Dan – neidio o'u crwyn.

Camodd Alun tuag atyn nhw'n flin, a gwthio ei fys yn erbyn brest Dan.

"Be ti'n feddwl ti'n neud? Dwi 'di bod yn y coed tywyll 'na am chwarter awr dda, yn trio hel digon o goed i gadw'r tân i fynd, a dyna ti'n diffodd y cyfan! Penci!"

Diflannodd y wên o wyneb Dan ac edrychodd ar ei draed, yn teimlo fel petai'n cael pryd o dafod gan athro.

"Ddrwg gen i, Al," mwmialodd. "Es i ar goll yn y metaffor."

Tuchodd Alun.

"Adrodd straeon stiwpid. Does dim byd yn newid, nag oes? Wel, *dwi* ddim am ailgynnau'r tân eto. Croeso i chi roi cynnig arni, a hel clecs am Bigfoot a Nessie tan i chi rewi. Dwi'n mynd i'r gwely. Nos da."

Dringodd Alun i'r babell – ar ôl gwthio Celt o'r ffordd er mwyn cyrraedd ei sach gysgu – gan adael distawrwydd annifyr yn y gwersyll.

Cododd Emyr ei ysgwyddau'n swil.

"Well i ni anelu am y babell hefyd," meddai. "Mae hanner nos yn hwyr i mi bellach, coelia neu beidio. Ac os ydw i'n gwrando ar fwy o dy straeon di, dwi mewn peryg o beidio cysgu o gwbl. Ti wedi dy wastraffu ar ddysgu mathemateg, Daniel Moyo."

Gwenodd Dan yn falch wrth i Emyr ddiflannu o'r golwg. Prociodd weddillion y tân unwaith eto, er mwyn gwneud yn siŵr ei fod wedi marw'n llwyr. Gwnaeth ei orau i glirio unrhyw straeon ysbryd o'i feddwl, a gwasgodd ei hun i'r babell ar ôl Emyr.

Y peth olaf a welodd cyn cau'r sip ar ei ôl oedd blanced denau o niwl yn cropian dros y nant fach yn y pellter, ac yn cau fel bysedd dros yr hen bont garreg.

MAI 1, 2023
03:35

GWNAETH Y CWRW EI waith, a syrthiodd Dan i gwsg anesmwyth bron yn syth.

Torrodd hunllefau ar ei draws, yn fwy realistig – a llawer mwy annifyr – na'i freuddwydion arferol am ysbrydion a bwystfilod a fampirod.

Gwelodd ei wraig, Beca, wedi ei gwisgo mewn dillad du, yn sefyll mewn cawod o law dros fedd gwag, a Gwyneth fach yn ei breichiau. Teimlodd ei hun yn cael ei ddenu at y bedd gan rym doedd dim posib ymladd yn ei erbyn. Gwnaeth ei orau i sgrechian – i ddenu sylw ei wraig a'i ferch fach – ond daliodd y ddwy i syllu yn eu blaenau.

Glaniodd yn y bedd gydag ergyd a wnaeth i'w ddannedd glecian yn boenus, a teimlodd bridd oer a gwlyb yn cael ei ollwng ar ei ben. Ei *deimlo*, fel petai'r peth yn digwydd go iawn. Trodd ar ei gefn, a gweld bod yr awyr lwyd uwch ei ben yn diflannu, a'r pridd yn cymryd ei le.

Uwch y bedd, daliodd ei wraig i sefyll – gyda chysgod du yn codi uwch ei phen, yn taflu tywyllwch drostyn nhw, a rhywbeth tebyg i ddwy adain yn ymestyn y tu ôl iddo...

Deffrodd gan frwydro am ei anadl, fel petai wedi nofio i wyneb llyn. Saethodd ei fraich allan a brwsio yn erbyn ffurf tywyll Emyr yn cysgu wrth ei ymyl – er, doedd o ddim yn edrych fel petai'n cael noson arbennig o esmwyth chwaith, o'r ffordd roedd ei goesau'n cicio a'i ben yn symud o ochr i ochr.

"Fy mai i," mwmialodd Dan wrtho'i hun, gan ddifaru sôn am bethau arswydus mor hwyr y nos. Gosododd ei hun i lawr ar y pentwr o ddillad oedd yn glustog iddo, a gwneud ei orau glas i fynd yn ôl i gysgu.

Ond yn hytrach, dechreuodd ganolbwyntio – yn erbyn ei ewyllys – ar sŵn y nant yn y pellter. Cyn hir, doedd o ddim yn medru meddwl am unrhyw beth ond bwrlwm y dŵr, y sain fel petai'n chwyddo'n araf bach dros gyfnod oedd yn teimlo fel oriau. Atseiniodd yn ei glustiau. Llenwodd ei feddwl. Trodd yn rhuo fel rhaeadr anferth.

Roedd cwsg yn amhosib. Yr unig beth dorrodd ar draws swyn yr afon, drwy'r nos, oedd sŵn sip y babell arall, a Celt yn baglu allan er mwyn gwagio ei bledren, gan gwyno'n feddw am gur pen ofnadwy. Yna chwyddodd sŵn yr afon eto, a boddi popeth arall.

Roedd yr haul wedi codi, a golau gwan yn gwthio ei ffordd i mewn i'r babell, erbyn i Emyr agor ei lygaid.

"Yffach," meddai, gan ddod o hyd i'w sbectol yn y tywyllwch a'i wthio ar eu drwyn. "Sôn am hunllefau!"

Cyn i Dan fedru gofyn unrhyw beth, clywodd lais Alun yn nofio draw o'r babell arall – ond yn dawelach na'r disgwyl, fel petai'n teithio dros bellter maith.

"Celt? Hei, Celt, lle wyt ti? *Carwyn*!"

Syllodd Dan ac Emyr at ei gilydd, â'r un teimlad ffiaidd yn gafael yng nghalonnau'r ddau. Rhuthrodd y ffrindiau i daflu dillad amdanyn nhw a rhwygo agoriad y babell ar agor. Roedd Alun ar ei draed yn barod, ac yn crwydro'r bryniau.

Ond dros nos, roedd niwl wedi llithro ar draws y tir a thagu'r wlad yn llwyr. Lledodd llygaid Dan mewn syndod. Doedd o erioed wedi gweld niwl mor drwchus yn ei fyw, gyda golau'r dydd yn gorfod brwydro drwyddo. Gallai Dan edrych yn syth at yr haul heb orchuddio ei lygaid, a'i weld yn sbecian yn swil yn ôl, fel fflachlamp â'i batri ar fin dod i ben.

Y tu ôl iddo, roedd y coed moel yn fwy brawychus nag erioed, a bysedd o frigau yn ymestyn ato, y boncyffion wedi eu llyncu.

Edrychai fel pe bai'r niwl ar ei fwyaf trwchus o amgylch y nant fach. Yno, roedd yn troi ac yn dawnsio'n chwareus wrth rowlio ar draws y dŵr.

"Celt!" gwaeddodd Alun eto, a'i eiriau'n bownsio oddi ar y niwl, yn syth yn ôl atyn nhw. "Digon o hyn, y lwmp! Dangos dy hun!"

"Glywais i o'n codi yn y nos..." cynigiodd Dan yn ansicr.

"A ddaeth o ddim yn ôl," gorffennodd Alun. "Wnes i ddim rhagweld hyn. Y niwl 'ma..."

"Paid â beio dy hun," atebodd Dan. "Does neb yn gallu rhagweld y tywydd go iawn, 'sti. Mae'n rhaid i ni ddod o hyd iddo fo."

Nodiodd Alun.

"Gychwynnwn ni ar draws y tir mwy agored, i'r gogledd-orllewin."

"Grêt," meddai Emyr, yn cerdded y tu ôl i bawb gan wneud ei orau i aros yn bositif. "A pha ffordd yw'r gogledd-orllewin, meddet ti?"

06:20

Ar ôl dod o hyd i gwmpawd drud yr olwg dan bentwr o ddillad yng ngwaelod ei fag, arweiniodd Alun ei ddau ffrind drwy'r niwl, gan wneud ei orau i ddilyn y nant.

Rhwng gweiddi enw Celt, dechreuodd Alun ysgwyd y cwmpawd yn ei dymer.

"Blydi peth!" meddai.

Ymunodd Emyr yn y cwyno.

"Paid â gweud nag wyt ti'n gwybod sut i ddefnyddio cwmpawd ar ôl trefnu'r trip hyfryd 'ma."

"Wrth gwrs 'mod i!" saethodd Alun yn ôl. "Rhaid bod 'na rywbeth wedi ysgwyd yn rhydd ar y tu mewn, neu..."

Oedodd ar ganol cam. Edrychodd i fyny, a gwrando'n astud ar y nant, oedd yn llifo'n llawer cyflymach fan hyn.

"Beth nawr?" gofynnodd Emyr, ei galon yn curo.

"Dwi erioed 'di clywed yr afon mor llawn," mentrodd Alun, "a does dim glaw 'di bod..."

Wyddai Dan ddim sut i ymateb i hynny. Doedd ei ffrind ddim wedi bod yma droeon?

Yn adnabod y rhan yma o'r wlad fel cefn ei law? Daliodd y ddau i graffu ar y nant yn torri ei ffordd drwy'r niwl, yn y gobaith y byddai rhyw fath o ateb yn codi ohoni.

Yna, ar ôl teimlo ei fod yn cael ei swyno gan ruo'r dŵr, yn union fel yng nghanol y nos, ysgydwodd Dan ei ben yn nerthol – a sylweddoli bod Emyr bellach wedi diflannu hefyd.

"O, *hell's bells*," meddai. "Ems!"

Trodd Alun tuag ato'n araf, cyn edrych o'i gwmpas yn wyllt ar ôl gweld bod dim golwg o Emyr.

"Dydy o ddim yn bell," meddai, gan drio cadw rheolaeth ar ei lais. "Does bosib. Emyr! Paid â chrwydro i ffwrdd, yr *idiot*!"

Dim ateb.

Teimlodd Dan law yn gafael yn ei arddwrn. Alun.

"Dwi'n gwbod dwyt ti ddim mor wirion â'r ddau arall," meddai, "ond fysa'n well i ni aros efo'n gilydd, rhag ofn..."

Nodiodd Dan, a mentrodd y ddau yn ofalus ar hyd glannau'r nant, fraich ym mraich, yn gweiddi enwau Celt ac Emyr bob yn ail.

Wrth edrych yn ôl, doedd Dan ddim yn

siŵr faint o amser dreuliodd y ddau yn dilyn yr afon – ond o'r diwedd, rhewodd Alun yn ei unfan a syllu'n gegrwth ar glwstwr trwchus o goed yn ymestyn dros graig fawr yn codi o'u blaenau.

"Does 'na ddim coed ar hyd y nant 'ma i fod," sibrydodd wrtho'i hun.

"Fechgyn! Diolch *byth*!"

Syrthiodd Dan ac Alun i freichiau'i gilydd wrth i lais Emyr ffrwydro o'r niwl. Lai nag eiliad wedyn, rhuthrodd ymlaen fel bwled o wn a lapio'i hun amdanyn nhw. Sylwodd Dan ei fod yn crynu, a'i wyneb hyd yn oed yn welwach nag erioed.

"Emyr, y diawl!" sgrechiodd Alun. "Wnest ti ddim clywed ni'n galw?"

Syllodd Emyr yn ôl mewn dryswch.

"Beth yn y... naddo! Ond dyw hynny ddim yn bwysig. Dim nawr. Dewch! Brysiwch!"

Rhoddodd Alun y gorau i gwyno wrth weld yr olwg wallgo yn llygaid Emyr. Rhedodd y tri ffrind ymhellach ar hyd glannau'r afon, oedd bellach yn ewyn gwyn.

06:40

"Ems!" cwynodd Dan, gydag Emyr yn rhuthro i'r niwl o'i flaen, a'r ddau arall yn gorfod brwydro i ddal i fyny. "Be ti'n…?"

"Fi 'di ffindo Celt!" llwyddodd Emyr i esbonio, yn fyr ei wynt. "Ond, wel, na… dwi'n golygu… drychwch!"

Â'i lais yn torri, arweiniodd Emyr y ffordd at lle roedd dŵr yr afon ar ei fwyaf gwyllt, yn tywallt dros greigiau ac yn plymio'n rhaeadr, dros nifer o droedfeddi, cyn cael ei lyncu gan y niwl unwaith eto.

"Dwi ddim yn *dallt,*" ebychodd Alun. "Does 'na *ddim byd* fel hyn i fod yma!"

"*Drychwch*!" mynnodd Emyr, gan bwyntio at waelod y rhaeadr. Yno roedd y niwl yn dechrau clirio, fel petai wedi ei orchymyn i wneud – ac yn gorwedd ar ei ochr, â hanner uchaf ei gorff wedi ei lyncu gan yr afon, roedd Celt.

Hyd yn oed drwy'r niwl, gallai Dan weld bod y dŵr o gwmpas pen Celt yn goch tywyll, wrth i waed gymysgu â'r mwd caregog ar waelodion y nant.

"D-dyw e ddim yn symud," meddai Emyr,

y geiriau'n baglu dros ei gilydd. "Sa i'n gwybod sut i... Wnes i erioed gwrs cymorth cyntaf, chi'n gweld, ac ro'n i'n meddwl..."

"Celt!" sgrechiodd Alun, heb gael ymateb gan y siâp ar waelod y rhaeadr. "Rhaid bod 'na ffordd i lawr yn rhywle..."

"Ffordd hyn!" meddai Emyr yn benderfynol, yn falch o allu helpu o'r diwedd. "Welais i lwybr digon rhwydd yn gynharach."

Daliodd Dan i syllu tuag at Celt, wedi ei lorio gan ofn a phanig. Anghofiodd yn llwyr fod angen iddo aros yn agos at Alun ac Emyr, a methodd â'u gweld yn diflannu i'r niwl wrth ddringo i lawr y rhaeadr.

Daliodd i syllu wrth i fwy fyth o niwl chwyrlïo o'r afon, yn gyflymach na'r gwynt, a llyncu Celt unwaith eto.

Fel swyn yn cael ei godi, cofiodd Dan bod angen dilyn ei ffrindiau – ond yna teimlodd fath arall o swyn yn gafael ynddo a'i rewi i'r fan a'r lle. Swyn oerach. Tywyllach. Fel petai'r niwl o'i gwmpas wedi ei wefru. Saethodd cant a mil o ergydion trydanol bach i fyny ei asgwrn cefn.

Daliodd i syllu at waelod y rhaeadr wrth i *rywbeth* godi o'r afon.

I ddechrau, roedd yn siŵr mai cysgod un o'i ffrindiau oedd yno, yn cael ei adlewyrchu oddi ar y niwl – ond pan glywodd leisiau Emyr ac Alun yn pellhau, a'r cysgod yn aros yn gwbl lonydd, oerodd ei galon wrth sylweddoli nad oedd hynny'n bosib.

Plygodd y cysgod yn boenus o araf, a chlywodd Dan sŵn rhywbeth yn cael ei lusgo drwy'r afon. Roedd ar fin gweiddi ar y ddau arall er mwyn eu rhybuddio bod rhywun yno, pan synhwyrodd y cysgod yn codi a ben, a theimlo…

… *teimlo*, nid gweld…

… pâr o lygaid yn syllu'n syth ato.

Roedd yn siŵr fod y llygaid yn ei weld, yn treiddio y tu hwnt i'w groen, ac yn ddwfn i'w enaid.

Clywodd Dan rywbeth yn corddi'r dŵr eto ac eto, a chliriodd y niwl y mymryn lleiaf i ddatgelu'r cysgod ar ei bedwar, yn taro wyneb yr afon â'i ddwylo. Gyda hynny, trodd ofn Dan yn arswyd pur.

Er cymaint roedd o wrth ei fodd â llên gwerin a hanesion ysbryd, roedd *gweld* rhywbeth hunllefus fel hyn o'i flaen yn gwbl wahanol i hel straeon o amgylch y tân.

Diflannodd y cysgod i ganol y niwl, gan ffarwelio â Dan gydag un sgrech hir, ingol, a ffrwydrodd dros y wlad mewn un don.

06:50

Yr eiliad y diflannodd y cysgod, teimlodd Dan beth bynnag oedd yn ei rewi i'r fan a'r lle yn gadael fynd. Heb boeni am y creigiau llithrig na'r dŵr ffyrnig, na hyd yn oed i ba gyfeiriad roedd o'n mynd, sgrialodd i lawr y rhaeadr nes cyrraedd pwll o ddŵr gwyn, lle roedd Emyr ac Alun yn edrych o'u cwmpas mewn dryswch.

"Mae e 'di mynd," meddai Emyr yn dawel. Dechreuodd grwydro drwy'r niwl ar hyd yr afon, yn chwilota am ei ffrind, ond camodd Alun ymlaen a'i lusgo'n ôl.

"*Dim* crwydro ar ben dy hun!" mynnodd yntau. "Ti'n fy nghlywed i?"

"Ond sut ma fe 'di *mynd*?" saethodd Emyr yn ôl. "Dyw'r afon ddim yn ddigon cryf i gludo ei... ei *gorff*."

"Mae rhywbeth wedi ei gymryd o," esboniodd Dan, yn cadw ei deimladau dan gaead. "Welais i. Cysgod rhywbeth."

Syllodd y ddau arall yn ôl, yn edrych yr un mor syn â phetai Dan wedi dweud bod ganddo gynffon.

"Rhyw*beth*?" gofynnodd Emyr.

"Rhyw*un*, 'ta," aeth Dan ymlaen. "Glywoch chi ddim y sŵn uffernol 'na? Pwy bynnag sgrechiodd gipiodd Celt, yn siŵr i chi."

"Mae'r niwl 'ma'n newid pethau," atebodd Alun, gan ysgwyd ei ben. "Aderyn oedd o, neu... neu..."

"Gewch chi goelio be dach chi isio," meddai Dan, yn torri ar draws, "ond dwi'n *gwbod* bod 'na rywun arall yn y niwl 'ma efo ni. Mae o wedi gwneud rywbeth i Celt, ac mae angen i'r plismyn wbod am y peth. Rŵan."

Llusgodd Dan ei ffôn o'i boced, yn gobeithio am eiliad bod lwc o'i blaid – ond na. Dim signal. Gwyliodd yn fud wrth i Alun ac Emyr ymestyn am eu ffonau nhw hefyd, ond gwyddai mai'r un fyddai'r canlyniad ymhell cyn iddyn nhw ysgwyd eu pennau.

"Felly, awn ni'n ôl," meddai Dan, yn gwneud ei orau glas i feddwl yn gall. "Mae'n rhaid bod 'na orsaf heddlu tua Bargoed. Adroddwn ni'r cyfan, dim ots pa mor wirion mae'n swnio."

Syllodd Emyr arno'n dorcalonnus cyn ymdrechu i ddod ato'i hun, a dechrau dringo'n ôl i fyny'r rhaeadr.

"Bydd rhaid pacio ein pethau," meddai, cyn i Dan roi llaw ar ei ysgwydd.

"Fydd y pebyll yn dal i fod yna pan ddown ni'n ôl," esboniodd, "ond dydy Celt ddim yn gallu aros."

Syllodd Dan ac Emyr yn ddwfn i lygaid ei gilydd. Gallai Dan ddweud bod rhan o'i ffrind yn dal i feddwl am ei fag drud, a'i botel ddŵr poeth, a'i bedwar pâr o drowsus, cyn iddo wneud ei orau i anghofio amdanyn nhw. Roedd rhywbeth llawer pwysicach yn y fantol.

Nodiodd Emyr a sefyll wrth ymyl Dan. O'u blaenau, roedd Alun yn dal i edrych yn ansicr.

"Dwi ddim yn hollol siŵr sut i ffeindio'r gwersyll, hyd yn oed," meddai Alun, "heb sôn am gyrraedd Bargoed. Bois, dwi'n deud wrthach chi, dwi 'di bod yma droeon, ac erioed wedi dod ar draws unrhyw le fel hyn o'r blaen. Mae'r peth yn *seriously weird*!"

"Ydy," atebodd Dan, "ond mae 'na un peth syml allwn ni wneud i aros ar y trywydd cywir. Mae Bargoed ar waelod y cwm, ydy?"

Nodiodd Alun.

"I'r pant y rhed y dŵr," meddai Dan yn

gadarn. Cychwynnodd i lawr y bryn, gan gadw'n agos at lannau'r afon, wrth i'r ddau arall ei ddilyn.

07:10

Roedd digon i'w drafod, yn sicr, wrth i'r tri gerdded ar hyd yr afon at waelodion y cwm – ond ddywedodd yr un ohonyn nhw'r un gair.

Cafodd Dan ei hun yn gobeithio bod ei ffrind yn fyw, ac yn dechrau meddwl ei fod wedi dychmygu'r holl waed yn llifo o'i ben.

I gael gwared ar y ddelwedd erchyll, gwnaeth ei orau i gofio am ei deulu. Roedd Becs ar ei thraed ers sbel, debyg iawn, ac yn brwydro i gadw Gwyneth fach allan o drwbl.

Yna meddyliodd am ddelwedd hyd yn oed yn waeth na Celt yn gorwedd ar waelod y rhaeadr – yr heddlu'n cyrraedd ei ddrws, ac yn dweud wrth ei wraig fod yr un peth wedi digwydd iddo *fo*.

Penderfynodd bryd hynny bod yn *rhaid* iddo oroesi, a bod dim niwl na chysgodion arswydus yn mynd i'w rwystro.

Roedd meddwl Emyr yn llanast gwaeth fyth. I ddechrau, doedd o ddim yn medru dianc rhag y ddelwedd o Celt yn hanner gorwedd yn yr afon, â gwaed yn pyllu o amgylch ei ben. Ond yna dechreuodd ddychmygu dyfodol mwy hunllefus fyth.

Gwelodd ei hun yn cyrraedd Bargoed gydag Alun a Dan, yn flinedig ac yn wlyb domen.

Gwelodd yr heddlu'n dod o hyd i gorff Celt, ac yn gofyn rhes o gwestiynau iddo fo a'i ffrindiau.

Gwelodd ei wyneb a'i enw'n cael ei blastro ar draws BBC Cymru Fyw a Golwg 360 – am y rhesymau anghywir.

Gwelodd ei hun yn gorfod gadael y byd darlledu, a chael swydd *go iawn.*

Ym mlaen y criw, rhewodd Alun yn y fan a'r lle wrth i chwa o wynt rowlio ar draws y bryn a chwalu hollt yn y niwl, gan ddatgelu mymryn o'r wlad o'i flaen.

Yn hytrach na llethrau moel, gyda ffensys weiren bigog yn torri ar eu hyd ac ambell ddafad yn crwydro'n wyllt, gwelodd wlad ddieithr gydag ambell goeden yn codi fel chwyn, a chreigiau'n codi o'r glaswellt hir gan droelli i fyny'n annaturiol.

Ebychodd Dan wrth i'r gwynt ostegu, a llithrodd y niwl yn ôl i amgylchynu'r tri unwaith eto. Doedd o ddim yn siŵr beth oedd fwyaf dychrynllyd – y niwl, neu'r wlad anghyfarwydd yn cuddio y tu ôl iddo.

Camodd Alun ymlaen fel dyn meddw, a dŵr yr afon yn tasgu dros ei esgidiau ac yn trochi ei sanau'n llwyr.

"Dwi ddim yn nabod y lle 'ma," meddai'n freuddwydiol. "*Dim* ohono fo."

"Ti'n dod o Amlwch," atebodd Emyr, gan orfodi'r mymryn lleiaf o wên ar ei wyneb er mwyn ymddangos yn ddi-hid. "Dwi'n gwbod bod chi Gogs yn cenfigennu at bawb i'r de o Ddolgellau, ond rhaid i ti aros felly, mae arna i ofn. Dyw pobl fel ti ddim i *fod* i nabod lle fel hyn, Al."

"Ond dach chi ddim yn *dallt*," atebodd Alun, gan gicio cerrig mân ar lannau'r afon yn ei dymer. "Ro'n i a fy mrodyr yn dod yma drwy'r amser. Ers i mi allu cofio. Mam a Dad – yn enwedig Dad – isio i ni wybod bob un dim am hanes y teulu, ac yn ein gorfodi ni i wrando ar bob un stori, dim ots pa mor erchyll. Wir, roedd *pawb* o'r teulu yn cloddio glo. Mae'r stwff 'na'n *dywyll*.

"Daliodd y tri ohonon ni i ddod yma – fy mrodyr a fi. Am ba bynnag reswm, roeddan *ni'n* teimlo bod angen cadw cysylltiad efo'r hanes hefyd. Mae Cwm Darran yn ail gartre i fi. Ond hyn…"

Ochneidiodd Alun mewn anobaith wrth i Emyr gymryd ambell gam ansicr ymlaen ar hyd yr afon.

"Mae fel petai'r niwl 'na 'di dod i lawr dros nos," meddai Alun, "ac ar ôl i ni ddeffro, roedden ni… yn rhywle arall."

"Hei, chi'ch dau!" galwodd Emyr o'u blaenau, wedi hanner ei lyncu gan y niwl. Rhuthrodd Alun a Dan i ddal i fyny, rhag ofn i'r niwl benderfynu ei guddio'n llwyr.

Roedd Emyr yn sefyll yng nghanol yr afon, a honno'n gwahanu'n ddwy wrth ei draed. Uwch ei ben roedd un o'r pileri o graig yn codi, ei waelod yn wlyb dan lwch dŵr yr afon, a'i ochrau'n llithrig.

"Dilyn yr afon, meddet ti," meddai, a throi'n ddisgwylgar at Dan. "Ond pa un o'r ddwy?"

Syllodd yntau'n ôl, heb fath o syniad.

07:34

"Dim syniad," meddai Dan, gan geisio cadw ei lais mor bwyllog â phosib. "Dim syniad lle i fynd."

"Does gen i ddim clem chwaith," cwynodd Alun. "Dwi ddim yn gwybod lle ydan ni. *Nid* dyma ro'n i wedi ei fwriadu."

"Beth os yw un o'r nentydd yn arwain at Fargoed," gofynnodd Emyr, "a'r llall yn dod i ben yng nghanol y bryniau, yn bell o bob man? Neu beth os yw'r nant *yna* yn gwahanu, a dim *un* ohonyn nhw'n gorffen mewn lle diogel? Mae'n bosib byddwn ni'n crwydro'r bryniau 'ma drwy'r dydd."

Oedodd Emyr, yn disgwyl i un o'r ddau arall neidio i mewn. Cynnig geiriau o gysur. Tynnu'r ateb perffaith o nunlle, a mynnu bod popeth am fod yn iawn.

Daeth dim byd o'r fath.

"Be am i ni wahanu?" cynigiodd Alun o'r diwedd. Trodd ei ffrindiau'n sydyn i'w wynebu. Nid dyna'r ateb roedden nhw wedi ei ddisgwyl.

Dan oedd y cyntaf i ymateb.

"Ti erioed 'di gweld ffilm arswyd? Dyna'n union sut maen nhw'n eich cael chi."

Tuchodd Alun.

"Sut mae *pwy* yn eich cael chi, Dan?"

Y cysgod, meddyliodd Dan, ond cyn iddo fagu digon o ddewrder i ymateb, aeth Alun yn ei flaen.

"Dwi'n gwbod bod y niwl yma'n newid petha – ond cofiwch, 'dan ni yn y cymoedd yn dal i fod, nid yng nghanol yr Amazon. Taflwch garreg yn y lle 'ma a dach chi'n siŵr o daro Tesco Express. Fyddwn ni'n dod ar draws Bargoed yn ddigon buan, gewch chi weld. Mae un o'r nentydd yn bownd o arwain tuag ato fo."

Crychodd Dan ei aeliau, yn gwybod ym mêr ei esgyrn nad oedd Alun yn coelio'r un gair ddaeth allan o'i geg.

"Ond mae 'na dri ohonon ni," cwynodd Emyr. "Os am ddilyn dwy nant, mae'n rhaid i un crwtyn druan orfod crwydro ar ei ben ei hun."

"Dydan ni ddim yn dwp," esboniodd Alun, "nac yn gymeriadau mewn ffilm. Bob hyn a hyn, wnawn ni weiddi rhywbeth. Ein henwau. Dyna sy fwya syml. Os na chawn ni ateb, 'dan ni'n gwybod ein bod ni wedi crwydro'n rhy bell oddi wrth ein gilydd, a bod angen troi'n ôl."

Tawelodd y ddau arall, yn gwneud eu gorau i ddod o hyd i wendid yng nghynllun Alun.

"Sut mae penderfynu pwy yw'r Billy-no-mates?" gofynnodd Emyr. Chwarddodd Alun yn ôl, yn sych ac yn ddihiwmor.

"Yr un ffordd roedden ni'n penderfynu pwy oedd yn prynu rownd yn y Llew Du," esboniodd, a dal ei ddwrn o'i flaen. Deallodd Dan ei ystyr yn syth a chyffwrdd dyrnau. Ysgydwodd Emyr ei ben, yn methu credu'r peth.

"Ar ôl tri?" cynigiodd Dan. "A'r collwr yn gorfod chwarae'n erbyn Emyr?"

Nodiodd Alun, ac yna dechreuodd y ddau chwarae'r gêm fwyaf annifyr o Garreg, Papur a Siswrn erioed.

Collodd Dan yn syth, wrth i ddwrn crynedig Alun greu siâp siswrn. Trodd Dan at Emyr, ac ar ôl tri, dangosodd y siswrn eto – gydag Emyr yn gwneud ei law yn garreg gan gopïo tacteg ei ffrind.

Teimlodd Dan ei galon yn codi i'w wddw.

"Hen dro, Dan," meddai Emyr, heb gymryd owns o bleser yn y peth.

"Wastad yn dewis y siswrn," ychwanegodd Alun. "Dydy rhai pethau byth yn newid, wedi'r cyfan."

Troediodd Emyr at Alun yn ansicr, cyn troi at Dan. Roedd yr ofn yn ei lygaid yn glir.

"Cymrwch ofal," meddai Dan, yn trio cuddio ei bryder gymaint ag y medrai. Nodiodd Emyr yn ddewr.

"Fyddwn ni mewn cysylltiad," meddai Alun, cyn gafael yn ysgwydd Emyr a'i lywio heibio'r piler o graig, i mewn i'r niwl. "Ty'd, Ems."

Cododd Dan law mewn ffarwél – ond cyn i'r un o'i ffrindiau ei weld, roedden nhw wedi mynd.

07:53
DAN

DOEDD HI DDIM YN hir cyn i'r gri cyntaf dorri ei ffordd drwy'r niwl, gan rewi Dan yn y fan a'r lle.

"Alun!"

"Emyr!"

Gwenodd Dan er y cyfan, a sgrechian ei ateb yn ôl.

"Dan!"

Heb fwy o oedi, plymiodd yn ddyfnach i'r niwl.

Dechreuodd ddifaru peidio dod â sanau sbâr, gan genfigennu at Emyr am ei holl barau o drowsus. Yn y rhan yma o'r bryniau, roedd dŵr yr afon wedi crwydro ymhell y tu hwnt i'r glannau, gan drochi pob modfedd o'r glaswellt hir a suddo i'r pridd.

Heb fedru crwydro ymhell o'r afon rhag ofn iddo golli ei drywydd yn y niwl, daliodd Dan i lusgo cerdded trwy fwd trwchus, ei symudiadau'n mynd yn arafach ac yn arafach.

"Alun!"

"Emyr!"

Roedd y lleisiau'n dawelach y tro yma, wedi eu mygu gan y niwl. Straeniodd Dan ei lais er mwyn gwneud yn siŵr bod y ddau arall yn gwybod lle'r oedd o.

"Dan!"

Dwi'n synnu nad ydyn nhw'n fy nghlywed i'n sloetshian cerdded yn y mwd 'ma, meddyliodd. Roedd yr afon yn arafu bellach, yn crebachu'n ddim wrth i'r tir lyncu'r dŵr. Bu bron i Dan droi'n ôl, a mynnu bod y criw'n dod at ei gilydd unwaith eto, pan welodd rywbeth yn gwthio allan o'r niwl o'i flaen. Rhywbeth mawr.

Llamodd ei galon i'w wddw, gan feddwl i ddechrau mai adeilad oedd o, a'i fod wedi baglu ei ffordd at gyrion Bargoed. Ond na. Craig arall oedd hon, ond yn gwneud i'r gweddill oedd yn glynu i'r llethrau edrych fel cerrig mân. Roedd y graig fel petai wedi bod yma ers dechrau amser – fel pen cawr wedi ei ollwng yn y mwd – a gweddill y tir wedi ei siapio o'i amgylch.

Gwelodd Dan agoriad cul yn yr ochr, yn arwain yn ddwfn y tu fewn. O nunlle, teimlodd yr ysfa i ddiflannu rhwng y muriau a darganfod beth oedd y graig yn ei guddio...

Ysgydwodd y teimlad oddi ar ei ysgwyddau, ac edrych o'i gwmpas yn iawn.

Fan hyn roedd y nant yn dod i ben, yn casglu'n bwll o gwmpas y graig gyda brwyn yn tyfu o'i hamgylch. Y tu hwnt i'r graig roedd llethr arall yn codi, â choed yn drwchus arno. Hawdd iawn colli ei ffrindiau mewn lle fel hyn.

Doedd ganddo ddim dewis ond troi'n ôl, a rhoi gwybod iddyn nhw fod y trywydd wedi dod i ben.

"Dan!"

Safodd yn llonydd. Yr unig sŵn oedd y gwynt yn chwarae â'r brwyn, a'r mwd yn llyfu yn erbyn ei draed.

Falle fod y ddau arall wedi crwydro'n rhy bell yn barod. Falle fod y niwl yn mygu sŵn yn fwy nag erioed, a'u bod nhw ddim wedi ei glywed.

"Dan!"

Dim byd. Ond...

Na. *Roedd* 'na sŵn yn y pellter. Sŵn gwlyb a sych ar yr un pryd, fel rhywun yn brwydro am ei anadl.

"Dan!"

Ac yna sŵn arall yn ateb – yn llawer

agosach. Doedd dim camgymryd y sŵn yma.

Nofiodd y llefain tuag ato, gan ddod yn uwch ac yn uwch. Doedd y niwl ddim yn trafferthu mygu hwn. Roedd y sain yn codi *uwchben* y niwl, a phob sŵn arall yn cilio i wneud lle iddo.

Doedd Dan erioed yn cofio teimlo cymaint o ofn yn ei fywyd.

Nofiodd y llefain tuag ato mewn llinell berffaith syth. Doedd nunlle i guddio...

... heblaw am yr ogof.

Saethodd Dan i mewn i'r agoriad yn y graig, heb feddwl ddwywaith, a difaru bron yn syth.

08:02
DAN

HEB UNRHYW BETH I'W weld yn nhywyllwch yr ogof, roedd rhaid i Dan ddibynnu ar ei synhwyrau eraill. Cyffyrddodd y waliau â'i ddwylo er mwyn gwneud yn siŵr nad oedd yn rhedeg i mewn iddyn nhw. Gwrandawodd yn astud ar ddŵr yn diferu, rhag ofn iddo roi ei droed mewn pwll a thynnu sylw beth bynnag oedd yn llefain y tu ôl iddo… ac yn dod yn agosach.

Roedd y sŵn wedi ei ddilyn i'r ogof bellach.

Damia, meddyliodd.

Daeth yr arogleuon o'i gwmpas yn gliriach yn y düwch hefyd. Roedd hen arogl i'r lle, fel pe bai Dan wedi agor drws i seler doedd neb wedi mentro iddi ers blynyddoedd maith.

Gwthiodd yn ddyfnach i'r ogof, heb wybod lle arall i fynd, a'r synau'n chwyddo y tu ôl iddo – tan i'w fysedd fethu â dod o hyd i'r un wal laith. Gwyddai ei fod wedi cyrraedd ardal mwy agored… lle roedd un gannwyll hir yn llosgi.

Yn y golau gwan, gwelodd ei fod wedi

crwydro i ardal oedd wedi ei gosod fel stafell wely – ond un fwy erchyll nag unrhyw stafell welodd Dan erioed.

Yn erbyn un mur garw roedd 'gwely' pren a gorchudd tenau o wair sych, yn edrych fel petai degawdau o leithder wedi pydru'r cyfan. Wrth ei ymyl roedd hen droell nyddu, wedi pydru hyd yn oed yn fwy na'r gwely, ac yn edrych mewn peryg o syrthio dan ei phwysau ei hun unrhyw eiliad. Ac o flaen y gwely, dan lif cyson o ddŵr yn diferu o'r nenfwd, roedd golau'r gannwyll yn adlewyrchu oddi ar bwll arall o ddŵr.

Rhynnodd Dan wrth i'r llefain chwyddo y tu ôl iddo. Gwibiodd ar draws y stafell a chuddio yn yr unig le posib – hollt cul yn y wal, gydag awel rewllyd yn chwythu heibio iddo o agoriad ymhell uwch ei ben.

Chwyrlïodd mwy na'r awel i lawr tuag ato. Clywodd synau eraill.

Clywodd y gwynt yn torri trwy laswellt hir y bryniau, a brigau coed yn achwyn, a dŵr yn byrlymu'n bell i ffwrdd. Roedd fel petai holl synau'r wlad o'i gwmpas yn cael eu sianelu drwy'r un agoriad bach uwch ei ben, a'u chwyddo...

... er mwyn i bwy bynnag oedd yn byw yma glywed popeth oedd yn digwydd am filltiroedd o'i amgylch.

Llenwodd yr ogof â'r synau llefain wrth i siâp du – yn dywyllach nag unrhyw gysgod – lithro o flaen y gannwyll, gan amsugno pob llafn o oleuni a gadael Dan mewn düwch llwyr.

Chwyddodd y llefain eto cyn i'r synau ddod i ben heb unrhyw rybudd.

Roedd y distawrwydd yn *fwy* brawychus, os oedd hynny'n bosib – ond barodd hynny ddim yn hir. Dechreuodd y cysgod arogleuo.

Gallai Dan glywed ffroenau'r peth yn agor a chau wrth iddo lithro yn ei flaen ar draws llawr yr ogof – tuag ato. Gallai glywed traed y peth yn camu'n syth drwy'r pwll yng nghanol y stafell, a'r dŵr yn diferu oddi ar ei ddillad llaes.

Caeodd Dan ei lygaid yn dynn, dynn.

Meddyliodd am Celt, a'i gorff wedi ei lusgo i ffwrdd gan rywbeth – yr un peth, fwy na thebyg, oedd yn ei stelcian ar hyn o bryd.

Roedd yn amau na fyddai unrhyw un yn

dod o hyd iddo mewn lle tywyll fel hwn, mor bell o –

Torrodd sgrech ar draws pob dim, yn bownsio i lawr tuag ato, ar hyd yr hollt yn y graig.

"Help! Rhywun! Help! *Nawr!*"

Emyr.

Trodd y cysgod yn ddramatig, gan chwipio rhywbeth tebyg i glogyn yn erbyn wyneb Dan, a saethu allan o'r ogof.

Cododd pa bynnag swyn oedd yn dal Dan yn ei le, a brasgamodd yn lletchwith ar ôl y cysgod.

Doedd o ddim am adael i un arall o'i ffrindiau ddioddef yr un ffawd â Celt, waeth beth oedd yn sefyll yn ei ffordd.

Daeth allan i olau dydd, gan sgrialu i stop rhag ofn iddo faglu a disgyn yn syth i'r pwll o flaen yr ogof. Roedd y niwl wedi codi rhywfaint, a dim golwg o unrhyw gysgodion – diolch byth.

Yn anffodus, doedd dim llawer arall yn y golwg chwaith, oni bai am ambell goeden a philer o graig yn y pellter.

Ble oedd Alun? Ble oedd Emyr?

"Help! Unrhyw un!"

Llais Emyr eto – yn fwy aneglur y tro yma, ac yn dod o rywle ymhell y tu ôl iddo.

Rhedodd Dan heibio i'r graig anferth gan adael yr ogof ar ei ôl. Baglodd i fyny'r llethr, a thrwy goedwig oedd yn mynd yn fwy ac yn fwy trwchus wrth iddo ddringo'n uwch ac yn uwch. Anwybyddodd y brigau'n crafu ei groen ac yn rhwygo ei ddillad, a'r mieri oedd yn gwneud eu gorau i'w faglu.

Canolbwyntiodd ar lais ei ffrind, yn sgrechian am gymorth ac yn bargeinio am ei fywyd, rhywle yn y coed o'i flaen.

08:17
DAN

DOEDD DAN DDIM YN disgwyl dod o hyd i'r un o'i ffrindiau. Ddim yn disgwyl y byddai'n dianc yn fyw. Ond ar ôl dod mor agos at gael ei ddal gan y *peth* 'na yn yr ogof, roedd unrhyw obaith yn well na dim.

Brwydrodd i fyny ac i fyny, ei gyhyrau'n dechrau sgrechian a'r diffyg cwsg yn dechrau dod i'r amlwg. Daliodd i ddringo wrth i'r coed a'r tyfiant dan ei draed fynd yn fwy trwchus, yn fwy tebyg i jyngl na choedwig. Ac yna dechreuodd y coed dyfu ymhellach oddi wrth ei gilydd eto, a'r tir dan draed Dan fynd yn fwy glaswelltog ac agored, tan iddo gyrraedd...

... copa'r bryn.

Oedodd Dan, ei frest yn pwmpio a'i ysgyfaint yn llosgi, wrth iddo sefyll uwchben y coed a'r niwl, a ffynnon fechan yn poeri drwy'r creigiau dan ei draed. Roedd y wlad yn ymestyn am filltiroedd maith oddi tano – ac am y tro cyntaf, dechreuodd sylweddoli beth roedd Alun yn amlwg wedi ei amau.

Doedd o ddim yng Nghwm Darran bellach.

Heblaw am un hen simdde yn gwthio i fyny o ganol coed trwchus, doedd dim arwydd o fywyd o'i gwmpas. Dim trefi na phentrefi yn glynu i'r llethrau. Y bryn yma oedd y copa uchaf o fewn golwg, a gwlad wastad o goed a chreigiau'n diflannu i'r niwl yn y pellter.

Sut oedd peth fel hyn yn bosib? Ysgydwodd Dan ei ben fel petai'n ceisio deffro o hunllef. Dechreuodd weiddi am gymorth. Falle y byddai'n denu sylw'r gelyn yn y broses, ond dim ond un cysgod oedd yna – gobeithio – a thri ohonyn nhw.

"Alun! Emyr! Fan hyn! Dringwch!"

Er mawr syndod i Dan, ffrwydrodd Emyr drwy'r coed bron yn syth, yn edrych fel petai wedi cael amser hyd yn oed gwaeth na fo.

Roedd ei ddillad cerdded newydd a drud wedi rhwygo, yn wlyb domen, ac wedi eu gorchuddio â mwd. Gwelodd Dan farciau coch ac ambell glais o gwmpas ei wddw, a sylwodd fod ei wallt – oedd fel arfer â phob blewyn yn ei le – yn gwthio i fyny mewn cudynnau blêr.

Yn waeth na'r cyfan, roedd ei sbectol wedi diflannu.

Llwyddodd Dan i besychu chwerthin er gwaethaf popeth. Rhuthrodd at ei ffrind. Dechreuodd Emyr grynu, gan ddisgyn ar ei liniau yn ddiolchgar.

Lapiodd Dan ei hun amdano.

"Emyr!" poerodd, a gafael yn dynnach. "Be ddigwyddodd?"

Edrychodd Emyr i fyny, a gwelodd Dan fod dagrau yn ei lygaid. Tynnodd Emyr anadl ddofn, a dechrau esbonio i'w ffrind – â'i lais yn crynu – am bopeth oedd wedi digwydd ers iddo fo ac Alun ddilyn y nant, a diflannu i'r niwl.

07:55
EMYR

Yffach, Dan. Ble i ddechrau?

Roedd Alun yn ymddwyn yn od bron yn syth. Ro'n i'n gwneud fy ngorau i siarad a chwerthin gymaint â phosib, i godi'n hwyliau ni'n dau. Doedd e ddim fel petai'n fy nghlywed – wnaeth e ddim byd ond cadw ei ben i lawr a dilyn yr afon.

Ro'n i'n teimlo bod hynny'n ddigon teg. Dyw'r un ohonon ni'n teimlo gant y cant, a dweud y lleiaf.

Gwaeddodd Alun a fi ein henwau'n ddigon buan, a dy glywed di'n gweiddi'n ôl. Sôn am ryddhad – ac Alun yn fwy balch dy fod ti'n fyw ac yn iach na fi, hyd yn oed. Fel petai ei fywyd yn dibynnu ar y peth.

Roedden ni'n gorfod gweithio'n galed i osgoi baglu a chwympo, gyda'r daith yn araf dros ben, ac Alun yn ymddwyn yn fwy ac yn fwy eratig wrth i'r siwrne fynd yn ei blaen.

Erbyn i ni alw ein henwau i ti'r ail dro, doedd Alun na fi yn dweud gair wrth ein gilydd. Dechreuodd e gyflymu, yn poeni dim am faglu. Roedd e ar dân eisie gadael, fel fi.

Stopiodd yn ddirybudd ar lannau pwll llydan o ddŵr, lle roedd y nant yn dod i ben. Edrychodd o'i gwmpas yn wyllt. Yn disgwyl rhywun, falle…

Dyna pryd ymosododd Alun. Saethodd tuag ata i, yn rhy gyflym i mi fedru ymateb, a lapio'i ddwylo o gwmpas fy ngwddw. Disgynnais ar hyd y llawr gwlyb wrth dagu. Dwi'n cofio gwneud rhyw fath o ymdrech i ymladd yn ôl, chwifio 'mreichiau'n wirion i'w gyfeiriad, ond doedd dim gobaith. Aeth popeth yn ddu yn rhyfeddol o gyflym.

Does gen i ddim syniad faint o amser aeth heibio, ond ar ôl i mi ddeffro – gan hanner agor fy llygaid fel bod Alun ddim yn sylwi – roedd e'n cerdded o amgylch cyrion y pwll, yn dal ei freichiau'r naill ochr iddo fel rhyw reslar proffesiynol, yn herio ei elyn.

"Nid dyma oedd ein bargen," meddai'n bendant, "ond dyma fi beth bynnag. Wedi dod â'ch ail wobr, yn union fel y cynta. Dewch allan o'r niwl. Hawliwch o."

Teimlais rywbeth yn newid y tu hwnt i'r niwl. Y gwynt yn newid cyfeiriad, falle. Beth bynnag oedd e, trodd Alun ato, gan roi'r un cyfle ro'n i ei angen i ddianc.

Codais ar fy nhraed gan wthio'r boen i un ochr, a diflannu i'r niwl. Ro'n i wedi mynd cyn i Alun sylweddoli bod unrhyw beth o'i le.

Ar ôl rhoi ychydig o bellter rhwng y ddau ohonon ni, dechreuais weiddi, gan obeithio dy fod ti'n ddigon agos i glywed.

Rhedais yn fy mlaen mewn llinell syth. O'r synau y tu ôl i mi, ro'n i'n gwbod bod Alun ar fy ôl – a chyn hir, dechreuais glywed synau eraill yn y niwl hefyd. Siffrwd dillad, sŵn gwynt yn chwythu, a sŵn tebyg i anifail yn snwffian.

Dechreuodd y tir godi. Daeth y coed yn fwy trwchus. Daliais i saethu yn fy mlaen fel bwled a… wel, dyma ni. Gyda'n gilydd unwaith eto, Daniel. Rhaid ei fod e'n ffawd – neu rywbeth.

08:31

Safodd Dan yn gegrwth, yn rhynnu wrth i'r gwynt a'r niwl godi o'i amgylch.

"Alun wedi ymosod arnat ti?" sibrydodd Dan, yn gwrthod credu'r geiriau oedd yn dod o'i geg ei hun.

"Yn meddwl ei fod e wedi fy lladd i," chwarddodd Emyr yn hallt, "cyn i mi godi a rhedeg bant, o leia."

Yn sydyn, ffrwydrodd Alun o'r niwl gyda charreg yn ei law, ac anelu ergyd at ben Emyr. Gyda sŵn cracio afiach, disgynnodd Emyr yn swp ar lawr, a'r gwaed yn casglu o'i amgylch gan wneud iddo edrych yn debyg i Celt druan.

Edrychodd Alun i lawr yn grynedig, a gollwng y garreg.

"Mae'n ddrwg gen i," mwmialodd yn dawel wrtho'i hun.

Roedd Dan yn agos – mor, mor agos – at ruthro at Alun, codi'r garreg o'r llawr a dial ar ran ei ffrind. Ond cyn iddo fedru symud modfedd, dechreuodd y niwl gorddi o'i gwmpas.

Roedd y niwl yn ymddwyn fel rhywbeth

byw. Rhywbeth mewn tymer ddrwg dros ben.

Ac yna camodd siâp allan ohono, a suddodd calon Dan wrth sylweddoli bod y peth oedd wedi ei ddilyn trwy'r niwl yn *llawer* mwy na chysgod.

Doedd o ddim yn medru dweud a oedd y peth yn cerdded neu'n arnofio uwchben y llawr. Roedd ei draed wedi eu gorchuddio â gwisg laes ddu, oedd wedi ei rhwygo o amgylch yr ysgwyddau gan ddatgelu breichiau tenau, gwelw, yn glytwaith o wythiennau glas, hen friwiau wedi sychu, a haen o faw ar ben y cyfan. O amgylch ei ganol, gwelodd Dan raff drwchus wedi ei chlymu'n dynn, a bag o frethyn – fel pwrs tew – yn hongian oddi arno.

Ar flaenau'r bysedd roedd ewinedd fel crafangau, rhai wedi cracio drostynt. Dros y pen roedd hugan ddu yn gorchuddio'r hyn oedd yn edrych fel gwallt hir, seimllyd, tywyll. Roedd y cyfan yn cuddio wyneb main, a dau lygad yn disgleirio â malais, casineb, a'r mymryn lleiaf o dristwch.

Llusgodd dau siâp y tu ôl i'r wisg. Er eu bod yn denau ac yn dyllog, ac yn edrych fel nad oedd ganddyn nhw lawer o bwrpas, gwyddai Dan yn iawn beth oedden nhw.

Adenydd.

"Gwrach y Rhibyn," sibrydodd wrtho'i hun, gan wybod yn iawn pa mor hurt roedd hynny'n swnio – ond doedd dim gwadu'r peth. Dim bellach.

"Hawliwch o!" mynnodd Alun, gan drio swnio'n ddi-ofn wrth grynu yn ei esgidiau ar yr un pryd.

Trodd y Wrach ac ystyried am eiliad, cyn troi'n ôl at Emyr ar lawr. Aeth ar ei phedwar uwch ei ben, gan arogleuo bob modfedd ohono – *er mwyn sicrhau ei hun bod Emyr wedi marw*, meddyliodd Dan. Yna cododd y Wrach unwaith eto. Y tro hwn, roedd hi'n berffaith glir ei bod hi'n arnofio ychydig fodfeddi uwchben y llawr.

Cododd un o'i breichiau hir i'r awyr, a dechreuodd corff Emyr chwythu i ffwrdd fesul gronyn, yn troi'n gant a mil o ddafnau bach o olau. Dechreuodd y cyfan gronni fel corwynt o amgylch y wrach, cyn suddo i mewn i'w chorff.

Sythodd ei chefn. Dechreuodd rhai o'r briwiau ar ei breichiau ddiflannu. Rhoddodd y Wrach sgrech hir – ac yna un arall, wrth i *ail* bwrs o frethyn ymddangos ar y rhaff am ei chanol.

Mae hi'n eu cymryd nhw, meddyliodd Dan. *Hawlio eu heneidiau – ac Alun wedi gwneud y gwaith budr a'u lladd nhw gynta. Mae o 'di gwneud ei hun yn was bach i'r diafol.*

Camodd Alun yn ei flaen yn ofalus, gan gadw un llygad ar y Wrach wrth gerdded heibio iddi.

"Dau wedi mynd, un ar ôl," meddai Alun yn chwerw. "Wedyn gewch chi fynd â fi'n ôl adra... a gawn ni ddod â hyn i ben, unwaith ac am byth."

"Y diawl," poerodd Dan. "Dach chi'ch dau yn haeddu'ch gilydd."

Lledodd gwên sur ar draws wyneb y Wrach wrth i Alun dynhau ei gyhyrau, yn paratoi i ymosod.

Chafodd o byth gyfle. Neidiodd Dan yn ei flaen a'i daro i'r llawr, gyda mwy o nerth nag unrhyw dacl rygbi. Cysylltodd ambell ergyd â wyneb Alun, ei hen "ffrind", gan wneud i farciau coch ffrwydro ar ei hyd.

Yng nghanol y cyfan, llwyddodd Alun i gropian yn ei flaen. Dringodd Dan i'w draed, gan fwriadu llamu ar ei ôl a'i guro eto. Ond cododd y Wrach ei breichiau, a chydiodd ofn aruthrol yng nghalon Dan. Cafodd ei hun yn baglu'n ôl, gan ddisgyn ar ei hyd.

Teimlodd y niwl yn golchi drosto. Teimlodd ei ben...

... na, y *byd*...

... yn troi.

Cafodd Dan ei daro gan don o flinder, ond brwydrodd yn ei erbyn i deimlo'r tir dan ei fysedd yn newid. Cododd glaswellt tamp rhwng ei fysedd o'r pridd moel. Teimlodd gysgodion coed yn disgyn drosto.

Doedd y peth ddim yn gwneud synnwyr.

Cododd Dan ar ei draed yn boenus. Teneuodd y niwl fymryn bach, a gwelodd ei fod yng nghanol coedwig drwchus, a'r coed fel cewri o bren.

Doedd dim golwg o Alun.

Roedd fel petai'r Wrach wedi blino ar weld y ddau yn cecru, ac wedi eu taflu i ddau ben gwahanol o'r goedwig. Yn bwriadu eu gwylio'r stelcian ei gilydd, a mwynhau pob un eiliad.

Doedd Dan ddim am roi cyfle i Alun adennill ei nerth. *Fo* fyddai'n ymosod y tro yma, ac yn dial ar ran ei ffrindiau.

Dechreuodd gamu yn ei flaen, gan aros yng nghysgodion y coed, a gwrando ar bob un sŵn bach – y brigau'n cracio, y gwynt yn chwibanu, ac ambell ddeilen yn crensian dan ei draed.

Ac ar ben yr holl synau, clywodd Dan yr un cwestiwn yn atseinio yn ei feddwl, yn cael ei ofyn eto ac eto.

Sut ddigwyddodd hyn?

EBRILL 8, 2020
03:58
ALUN

Doedd Alun ddim yn medru cysgu'r noson honno.

A dweud y gwir, doedd o ddim wedi bod yn cael llawer o gwsg ers wythnosau. Roedd byw trwy ganol pandemig byd-eang yn cael yr effaith honno ar rywun – ond roedd ei freuddwydion ar y noson hon o Ebrill yn wahanol. Breuddwydion yn llawn niwl yn cuddio siapiau tywyll, a phyllau o ddŵr du, a rhywbeth yn ei dynnu tuag atyn nhw.

Cododd o'r gwely ac agor llenni ei fwthyn bach ar gyrion Amlwch, yn gwylio cymylau llwydion yn casglu dan leuad lawn, a chlywed y nant fach yn rhedeg heibio i'w ddrws yn byrlymu yn nhawelwch y nos.

Taflodd gip ar ei ffôn a gweld ei bod hi'n bedwar o'r gloch y bore. Rhy hwyr i drio cysgu eto, debyg iawn.

Ochneidiodd, gan ragweld diwrnod arall o aros dan do, yn gwneud ei orau i weithio o gartref, cymryd saib i roi cynnig ar fideo ffitrwydd gan Joe Wicks, a dechrau yfed yn llawer rhy gynnar.

Pryd fyddai hyn i gyd yn dod i ben?

Dechreuodd droi o'r ffenest, gan feddwl crafu brecwast cynnar at ei gilydd, cyn i sgrech dorri ar draws y cyfan.

Trodd yn ôl fel petai rhywbeth yn ei lusgo at y ffenest, gan wybod yn iawn beth fyddai'n ei weld.

Roedd o wedi clywed digon o straeon teuluol amdani *hi* fel ei bod yn ei hadnabod yn syth. Dyna hi, yn ei dillad llaes du, a'r adenydd tyllog yn llusgo y tu ôl iddi. Roedd hi ar ei gliniau ger lannau'r nant, ei dwylo fel crafangau yn curo'r dŵr, a'i sgrech hir yn atseinio ar hyd y wlad.

Trodd Gwrach y Rhibyn ei phen ato'n araf, a rhuthrodd Alun i guddio'r tu ôl i'r llenni, gan wybod yn iawn ei bod wedi ei weld yn barod.

Doedd hyn ddim i fod yn ddigwydd.

Ei dad oedd wedi adrodd straeon am y Wrach – ei bod hi'n ymddangos i aelodau o'r teulu ers canrifoedd, yn sgrechian er mwyn rhoi gwybod iddyn nhw fod rhywun ar fin marw.

Weithiau byddai'n sgrechian fwy nag unwaith. Un tro, yn ôl ei dad, roedd hi wedi ymddangos i'w hen nain, ac udo bedair gwaith. Doedd hi ddim yn syndod, felly, fod pedwar aelod o'r teulu – ei gŵr, ei hewythr, a dau o'i meibion – wedi eu lladd mewn damwain fawr yn y pwll glo y diwrnod hwnnw.

Ond roedd y teulu wedi ffoi o Forgannwg, lle roedd y straeon am y Wrach yn cael eu hadrodd yn fwy aml nag unrhyw le arall. Roedd ei dad wedi cymryd rhan mewn defod o hen lyfr llên gwerin, gan feddwl twyllo'r Wrach, a rhedeg i ffwrdd i'r gogledd cyn iddi hi ddeall eu bod nhw wedi mynd.

Mae'n rhaid bod y ddefod wedi bod yn nonsens, fel y rhan fwyaf o bethau yn yr hen lyfrau. Mae'n rhaid bod y Wrach wedi dod o hyd i'r teulu ar ôl yr holl flynyddoedd. Mae'n rhaid bod...

Canodd ffôn Alun ar y bwrdd wrth ei wely. Caeodd ei lygaid yn dynn, yn gwybod yn iawn pa fath o neges fyddai'n ei ddisgwyl wrth ateb – ond doedd dim osgoi'r peth. Roedd yn sylweddoli hynny bellach.

Mentrodd gip allan o'r ffenest. Doedd dim golwg o'r Wrach.

Cododd y ffôn.

"Pwy sy 'di marw?" gofynnodd. Aeth sawl eiliad annifyr heibio cyn iddo gael ateb.

"Mr Aubrey? Alun Aubrey?" Llais benywaidd, ifanc, blinedig. "Dr Hannah Prys, o Ysbyty Gwynedd, Bangor. Ddrwg gen i ffonio ganol nos fel hyn. Mae gen i'ch tad fan hyn, Mr Aubrey. Mae o newydd gael ei ruthro mewn, yn cael trafferth anadlu achos y coronafeirws, a... dydy pethau ddim yn edrych yn dda, mae arna i ofn."

Eisteddodd Alun ar ochr y gwely. Roedd y llais ar y ffôn yn ysgwyd, wedi gorfod gwneud y math yma o alwad lawer gormod o weithiau. Gwnaeth ei orau i gadw ei lais yntau mor wastad â phosib.

"Faint o amser sy ganddo fo?"

Oedodd y meddyg. Doedd pobl ddim fel arfer mor ddi-lol â hyn.

"Oriau, neu, neu funudau, ella. Dwi, dwi ddim yn... Mr Aubrey, mae o isio siarad efo chi."

Clywodd y ffôn yn cael ei basio i rywun, ac wedyn sŵn anadlu croch, poenus, araf.

"D-Dad?"

"Alun, welaist ti hi?"

Saib.

"Do. Dad, ro'n i'n meddwl dy fod ti wedi..."

"A fi, ond mae'n rhy hwyr i wneud unrhyw beth am hynny nawr. Alun, gwranda. Mae hyn yn... bwysig dros ben. Mae'n bosib... bargeinio â hi. Ach!"

Llais aneglur, yn y cefndir.

"Mr Aubrey, *peidiwch* â chynhyrfu."

"Y tro nesa iddi ddangos ei hun, os wyt ti'n medru... dal ei sylw hi... mae'n bosib... bargeinio â hi. Llygad am lygad, dant am ddant... bywyd am fywyd."

"Mae o'n ffwndro gormod. Mr Aubrey? Nyrs, helpwch fi."

"Fi *ddim* am iddi... dy gymryd di, Alun... na dy frodyr... fel cymrodd hi dy daid, a dy hen deidiau... a nawr fi. Fi *ddim*..."

Daeth synau'r ffôn yn cael ei reslo oddi ar dad Alun, a staff yr ysbyty'n gwneud eu gorau i'w dawelu, a'r meddyg yn codi'r ffôn unwaith eto.

Daeth Alun â'r alwad i ben. Eisteddodd yno'n hir, ei ben yn ei ddwylo.

Daeth galwad arall tua amser cinio – gan rywun oedd yn swnio'n fwy blinedig fyth

– yn rhoi gwybod i Alun bod ei dad wedi mynd.

Prin y clywodd y neges. Roedd rhai o eiriau olaf ei dad yn dal i atseinio yn ei feddwl – geiriau a fyddai'n dal i atseinio am flynyddoedd i ddod.

Mae'n bosib bargeinio â hi.

Llygad am lygad. Dant am ddant. Bywyd am fywyd.

EBRILL 22, 2023
19:19
ALUN

Ychydig ddyddiau cyn y daith i Gwm Darran, roedd y wlad wedi hen ddiflasu ar fyw drwy'r pandemig.

Roedd pobl yn dal i fynd yn sâl a marw, wrth gwrs, ond doedd neb eisiau cofio bod pethau felly'n digwydd bellach. Llawer gwell ganddyn nhw eu clybiau nos, a'u gemau pêl-droed, a'u diod neu bump ar ddiwedd yr wythnos. Llawer gwell anghofio.

Roedd hyd yn oed Alun a'i frodyr, Ifan a Geraint, wedi gorfod derbyn nad oedd y byd wedi dod i ben gyda marwolaeth eu tad. Ond doedd y geiriau ddim wedi dianc o feddwl Alun ers hynny.

Llygad am lygad. Dant am ddant. Bywyd am fywyd.

Wedi bod yn gweld rhai o'r teulu yn y Cymoedd oedd y tri, lle roedd pawb wedi hel atgofion, yn gwneud eu gorau i anghofio'r ffaith fod melltith ar bob un ohonyn nhw.

Roedd Alun yn gwibio tua'r gogledd yn ei Volkswagen Lupo bach glas gyda'i frodyr –

Ifan yn cadw cwmni iddo yn y blaen a Geraint yn cysgu'n y sedd gefn – pan gwrddodd â'r Wrach eto.

Roedd Alun wrthi'n gyrru'n llawer rhy gyflym, fel arfer, yn mwynhau'r darn hir, gwastad o'r A470 cyn pentre Talerddig. Newydd basio arwydd y pentre oedden nhw, yn saethu tuag at yr adeiladau cyntaf, wrth i sŵn sgrech atseinio yn yr hanner gwyll.

Eisteddodd Ifan i fyny'n syth, ei lygaid yn chwyddo allan o'i ben.

"Be oedd hwnna?" gofynnodd, yn gwybod yr ateb yn iawn.

Cyn i Alun fedru ateb, torrodd sgrech arall ar ei draws, yn agosach erbyn hyn. Roedd yr un yma'n ddigon swnllyd i ddeffro Geraint yn y cefn. Y cyfan ddywedodd oedd, "O, na!" cyn i *drydedd* sgrech godi, fel petai'n dod o'r ddaear ei hun.

Dyna pryd welodd y tri ohonyn nhw'r Wrach yn sefyll wrth ymyl troad yn y ffordd, o flaen blwch ffôn coch, hen ffasiwn. I unrhyw un arall, falle y byddai wedi edrych fel rhywun yn bodio am lifft – ond roedd y tri yn y car yn gwybod bod neb arall yn debyg o'i gweld.

Clywodd Alun eiriau ei dad yn ei ben unwaith eto wrth i deiars ei gar fownsio dros y concrit.

Mae'n bosib bargeinio â hi...

Gwasgodd y brêc yn galetach nag erioed o'r blaen, gan wneud i'w frodyr weiddi a gafael yn dynn yn nrysau'r car. Rhwygodd Alun y llyw i un ochr a chau ei lygaid wrth i'r car sglefrio'n swnllyd ar batshyn o laswellt wrth ymyl yr A470, gan ddod yn agos at yrru'n syth i mewn i'r gwrych.

Cafodd ei frodyr eu taflu ymlaen cyn cael eu hyrddio'n ôl yn boenus yn erbyn eu seddi.

Aeth eiliad neu ddwy o ddistawrwydd heibio.

"Be ti'n feddwl ti'n neud?" llwyddodd Ifan i boeri allan, cyn i Honda Jazz arian sgrechian heibio o'r cyfeiriad arall, yn llawer rhy gyflym, â'r gyrrwr ifanc wrthi'n chwarae â'i ffôn.

"Fysan ni 'di gyrru'n syth i mewn iddo fo," mwmialodd Geraint.

Baglodd Alun o'r car a mentro ychydig gamau tua'r gogledd. Gwyddai'n iawn beth oedd yn disgwyl y tu hwnt i'r gornel nesaf

– y ffordd yn culhau wrth groesi'r hen bont drwy'r pentref. Un o sawl her oedd yn wynebu gyrwyr dewr yr A470.

Roedd Geraint yn iawn. Fe *fyddai'r* ddau gar wedi taro i mewn i'w gilydd ar wib, a phwy a ŵyr be fyddai wedi digwydd i'r *tri* ohonyn nhw...

... a'r sgrech wedi dod *dair* gwaith.

Roedd y Wrach wedi disgwyl i'r tri brawd farw, ac Alun wedi eu hachub – oedd yn golygu ei bod hi angen tri o fywydau eraill er mwyn gwneud yn iawn am y peth.

Daliodd Alun i gamu ymlaen fel dyn mewn breuddwyd, ddim yn talu sylw i'r ychydig o geir yrrodd heibio yn canu eu cyrn, a'i frodyr yn gweiddi arno.

Pan edrychodd i fyny o'r diwedd, doedd o ddim yn synnu gweld y Wrach yn edrych yn ôl.

Roedd hi'n hedfan tua deg troedfedd uwchben yr hen bont, lle fyddai'r brodyr – roedd Alun yn sicr bellach – wedi marw'n boenus. Curodd ei hadenydd tyllog yn araf, a'i llygaid yn ddau dwll du o dan ei hugan. Yr unig beth ddaeth yn syndod i Alun oedd yr awgrym o wên yn chwarae o amgylch corneli ei cheg.

"Digon!" bloeddiodd Alun, gan sylweddoli nad oedd yn teimlo unrhyw ofn. Roedd yn flin, ac eisiau atebion. "Mae hyn wedi mynd ymlaen yn rhy hir! Dwi wedi dy *guro* di, yr ast! Rŵan gei di gyflawni dy ran di o'r fargen."

Rhoddodd y Wrach ei phen i un ochr. Roedd Alun yn siŵr, bryd hynny, ei bod hi wedi clywed y math yma o araith sawl gwaith, ond bwriodd yn ei flaen beth bynnag.

"Rho... rho wythnos neu ddwy i fi. Ro' i dri arall i ti. Gei di eu lladd nhw dy hun, fel roeddet ti'n bwriadu'n lladd ni."

Clywodd lais sych yn atseinio o amgylch ei ben. Llais y Wrach.

Dydw i ddim yn lladd, fab y Cwm. Cymryd *ydw i.*

Rhynnodd Alun. Ei dad oedd yn iawn. Roedd hi *yn* bargeinio.

"Iawn 'ta. Mi wna i'r... lladd. Dair gwaith. Ond ar ôl i fi orffen, mae hyn drosodd. Ti'n clywed? Y canrifoedd o felltithio'n teulu ni. Gei di ffeindio rywun arall i'w gosbi."

Doedd dim dwywaith amdani'r tro yma. Gwenodd Wrach y Rhibyn yn llydan, gan ddangos ceg ddu ac ambell ddant wedi pydru yn y düwch.

Daeth y llais eto.

Tri o fywydau.

Yna gwibiodd y Wrach i'r coed tua'r dwyrain, gan ddilyn cwrs yr afon.

O'r diwedd, llwyddodd Ifan a Geraint i ddal i fyny â'u brawd. Ar ôl i'r Wrach ddiflannu o'r golwg, dechreuodd yr ofn afael yn Alun. Gallai deimlo ei hun yn crynu heb reolaeth, ac yn chwys oer drosto.

"Cachgwn," meddai Alun dros ei ysgwydd.

"Wnest ti siarad efo hi?" gofynnodd Ifan.

"Pwy... pwy sy am farw?" ychwanegodd Geraint.

Trodd Alun a chamu tua'r car, gan wneud ei orau glas i ymddangos yn ddi-hid.

"Neb dach chi'n nabod," meddai. "Dowch rŵan. Mae gen i waith i'w wneud."

MAI 1, 2023
09:10
DAN

Camodd Dan yn ei flaen yn ofalus, yn disgwyl i un ai Alun neu'r Wrach neidio o'r tu ôl i goeden neu wrych, fel rhywbeth o ffilm arswyd rad.

Doedd o erioed wedi teimlo'n fwy coll. Ar yr un pryd, teimlodd fel petai'n cael ei dynnu i un cyfeiriad. Dringodd yn boenus yn lle camu'n hamddenol ar hyd y llethrau coediog, a brwydrodd dros y creigiau yn lle cerdded o'u cwmpas.

Daliodd ei goesau i symud fel petai ganddyn nhw fywyd eu hunain, tan i adfeilion hen dŷ ymddangos rhwng y brigau, a'r simdde'n mygu.

Dyma'r adeilad oedd i'w weld o gopa'r bryn. Doedd nunlle arall o fewn golwg.

Dechreuodd deimlo'n sâl wrth agosáu, fel petai eisiau chwydu – teimlad a lwyddodd i'w arafu digon i dorri'r swyn y mymryn lleiaf. Llwyddodd i lusgo ei hun oddi ar y trywydd yn ddigon hir i guddio tu ôl i goeden ac astudio'r tŷ.

Roedd dau lawr o gerrig llwyd solet, o tua dau gan mlynedd yn ôl, gyda'r goedwig wedi llyncu rhannau helaeth o'r tŷ gan adael pentyrrau o gerrig ar lawr.

Allai Dan ddim penderfynu ai adfail llwyr oedd hwn neu dŷ oedd wedi ei anwybyddu a'i anghofio. Gwyddai y byddai wedi bod yn dŷ crand yn ei ddydd. Nid yn blasty, efallai, ond y math o le a fyddai wedi bod yn gartref i sgweier yn rheoli un o'r cloddfeydd glo cynnar, neu…

Ysgydwodd Dan ei ben. Oedd, roedd y lle'n *edrych* fel y math o dŷ oedd yn perthyn i gefn gwlad Cymru, ond roedd yn gwbl sicr erbyn hyn ei fod wedi gadael Cymru ymhell ar ei ôl. Yng ngwlad y Rhibyn roedd o bellach, a gwyddai mai un ffordd oedd o ddianc – trechu Alun, a dod â'r felltith i ben.

Doedd dim pwynt aros. I fan hyn y byddai Alun yn cael ei ddenu hefyd, a'r Wrach yn defnyddio ei phŵer dros y byd er mwyn eu gorfodi i ymladd, a dod â'i rhan hi o'r fargen i ben.

Gadawodd Dan iddo'i hun gael ei lusgo ymlaen, a ffenestri duon y tŷ'n edrych i lawr arno'n eiddgar.

09:28
DAN

TROEDIODD DAN YN BWRPASOL trwy'r ardd o flaen y tŷ, gyda chwyn wedi tagu'r rhan fwyaf o'r planhigion, a'r ychydig o waliau a photiau pridd oedd yn dotio'r lle wedi cracio'n ddarnau.

Mewn un gornel o'r ardd, gwelodd fod rhan o'r afon – yr un afon oedd wedi llifo heibio i'w gwersyll, roedd yn siŵr o hynny – yn rhedeg yn ysgafn i bwll tywyll, gyda lili'r dŵr yn arnofio ar yr wyneb a phlanhigion tal yn dringo dros yr ochrau.

Wrth gwrs. Roedd 'na wirionedd yn yr holl straeon gwerin am Wrach y Rhibyn yn byw ac yn bod wrth ymyl y dŵr. Cofiodd am y rhaeadr uwchben y fan lle'r oedd corff Celt yn gorwedd, a'r nentydd oedd yn torri trwy'r byd yma fel gwythiennau, a'r pyllau y tu mewn a'r tu allan i'r ogof yn y graig.

Roedd nerth y Wrach yn codi o'r dŵr – ei nerth hi, a'r niwl oedd yn bla dros y lle. Gallai Dan weld ambell gwmwl o hwnnw'n codi oddi ar wyneb y pwll, ac yn nofio tua'r tŷ.

Lle bynnag roedd 'na ddŵr, doedd y Wrach ddim ymhell. Gallai deimlo ei llygaid arno yr eiliad honno.

Rhuthrodd i mewn i'r tŷ gan ddringo dros weddillion y drws. Gwthiodd ei hun yn erbyn y wal agosaf ac anadlu'n ddwfn, yn teimlo fel petai wedi dianc o olwg y Wrach am y tro, yn ddiogel yn y cysgodion.

Edrychodd o'i gwmpas, gan astudio pob un fodfedd o'r stafelloedd tywyll a llychlyd. Roedd dodrefn – hen feinciau solet, byrddau crwn delicet, a chistiau hir â wynebau wedi eu cerfio ynddyn nhw – yma ac acw, wedi eu gosod yn erbyn waliau o garreg gwyn, heb olion budreddi na thamprwydd o unrhyw fath. Fe fyddai'r dodrefn wedi'u gwerthu am grocbris mewn ocsiwn, ac yn edrych fel petaen nhw wedi eu cerfio ddoe yn hytrach na hel llwch ers canrifoedd.

Doedd ei lyfrau llên gwerin ddim yn esbonio *hyn*.

Gan ddal ei anadl, dechreuodd Dan droedio tuag at y grisiau llydan, a llawr uchaf y tŷ.

Er mor fyr oedd y daith, roedd hi'n boenus o ara deg, gyda phob un styllen bren yn gwichian wrth iddo gerdded drostyn nhw. Edrychodd o'i gwmpas wrth gyrraedd gwaelod y grisiau, cyn camu i fyny yn bwyllog, un ris ar y tro.

Ei fwriad oedd sbecian o un o'r ffenestri uchaf, a chael cip ar Alun wrth iddo agosáu at y tŷ. Fe ddylai hynny fod yn ddigon hawdd. Ar ôl cyrraedd yr ardd, doedd dim llawer o lefydd i guddio.

Feddyliodd Dan ddim am eiliad y byddai Alun wedi cyrraedd o'i flaen.

Wrth iddo gyrraedd y gris uchaf, gwibiodd Alun ar draws y landin, gan godi troed ac anelu cic bwerus at asennau ei hen gyfaill. Clywodd Dan sŵn cracio erchyll. Collodd ei afael ar yr hen ganllaw derw. Disgynnodd yn ôl a hanner llithro, hanner bownsio i lawr y grisiau, pob un ergyd yn gyrru ysgytwad o boen trwy ei gorff.

Teimlodd ei hun yn disgyn yn swp ar lawr fel doli glwt. Doedd o ddim yn medru rhwystro Alun wrth i hwnnw gamu bron yn hamddenol i lawr y grisiau, gyda chwerthin sych yn dianc o'i wddw.

09:32

"Wyt ti'n licio fo?" gofynnodd Alun, gan edrych o'i gwmpas yn falch wrth gerdded i lawr y grisiau. "Hen dŷ'r teulu Aubrey. O, dwi'm yn meddwl y bysa gan Aled Samuel lot o betha neis i ddeud am y lle ar S4C, ond dwi'n meddwl bod o'n edrych reit dda, er gwaetha pob dim."

Ymdrechodd Dan i gropian tua'r drws, ond syrthiodd yn fflat ar ei gefn wrth i'w asennau sgrechian eto.

"Mae'r un adfail i'w weld yn ein byd ni," aeth Alun ymlaen. "Mewn cyflwr dipyn gwaeth, wrth gwrs. Y dodrefn wedi mynd, tyllau yn y llawr... y teulu wedi cwrdd yno ers canrifoedd, ti'n gweld, i drin a thrafod ein melltith bach ni. Heb sôn am yr holl gardotwyr a hipis a *raves* sy'n casglu yno. Ond dwi 'di gweld y lle *yma* droeon yn fy mreuddwydion. Mae pob un o'r teulu wedi gwneud. Fel dwi'n deud – mae'r lle 'ma'n ail gartre bellach."

Oedodd Alun ar y gris isaf, gan weld nad oedd Dan mewn unrhyw gyflwr i symud.

"Does neb yn cofio pwy oedd hi bellach. Y Wrach. Rhyw forwyn wedi ei cham-drin gan y sgweier, ella, neu hen ddynes hysbys yn llawn cenfigen. Pwy bynnag oedd hi, dyma fy nheulu i'n gwneud rhwbath mawr i'w digio hi. O'r diwrnod yna – pan oedd y tŷ'n edrych yn reit debyg i hwn – roedd 'na felltith arnon ni.

"Wnaethon ni drio bob dim. Mynd drwy'r holl lyfrau stiwpid 'na ti mor hoff ohonyn nhw, yn chwilio am ffordd o gael gwared arni. Gofyn am help gan ficers a seicics. Dianc i ochr arall y wlad. Doedd dim byd yn gweithio – tan i fi daro ar yr ateb. *Fi,* a neb arall."

Erbyn hynny, roedd Alun yn sefyll dros Dan, yn taflu cysgod drosto. Crafodd Dan ei ffordd yn ôl, a gwneud ymdrech i godi ar ei draed, ond doedd dim yn tycio. Roedd y boen yn ormod. Dechreuodd feddwl bod diwedd y daith wedi dod wrth i Alun wneud ei ddwylo'n ddyrnau.

"Mae o *yn* biti," meddai Alun. "Gawson ni amser da efo'n gilydd, do? Hei, ti'n cofio'r tro 'na i Celt ddwyn llwyth o esgyrn cyw iâr o'r bin tu allan i KFC a'u dympio nhw i gyd yn stafell Emyr? Cofio fo'n cnocio'n flin ar bob drws ym Mhantycelyn, yn gofyn pwy oedd yn gyfrifol?"

Oedodd Alun, cyn ychwanegu'n drist:

"Sôn am chwerthin."

Rhewodd, ac edrychodd yn syth o'i flaen. Gan deimlo ias yn gafael yn ei asgwrn cefn, trodd Dan yn boenus ar lawr, ac edrych yn ôl at ddrws y tŷ.

Yno roedd Gwrach y Rhibyn, yn arnofio uwchben y llawr â'i hadenydd yn curo, ei bysedd hir wedi eu lapio o amgylch ffrâm y drws. O gwmpas ei chanol roedd dau gwdyn wedi eu clymu. Gallai Dan glywed synau'n dod ohonyn nhw, yn swnio fel llefain, a sgrechian, a rhegi aneglur. Lleisiau Celt ac Emyr.

Chwarddodd Alun yn hallt.

"Ti'n gwbod alli di ddim dod i'r tŷ 'ma," meddai wrth y Wrach. "Yr un lle sy'n bodoli yn ein byd ni *a'r* byd bach trist yma, a'r un lle sy ar gau i ti. Does dim byd alli di wneud i dorri'r fargen rŵan. Doedd hyd yn oed fy llusgo i'r byd yma ddim yn ddigon i dy helpu. Tric gwael oedd hwnna, gyda llaw."

Ar y geiriau *tric gwael,* dechreuodd

yr olwynion ym meddwl Dan droi – yn rhyfeddol o gyflym.

"Gei di ffeindio teulu arall i'w melltithio," meddai Alun, gan sythu ei gefn ac edrych mor fygythiol â phosib. "Dwi 'di..."

Heb rybudd yn y byd, cododd Dan un o'i bengliniau ac anelu ergyd nerthol rhwng coesau Alun. Disgynnodd yntau i'r llawr a chymerodd Dan ei gyfle – ei *unig* gyfle, roedd yn gwybod – i godi ar ei draed. Gwthiodd y boen yn ei asennau i un ochr, gan ganolbwyntio ar y sgrechfeydd yn dod o gyfeiriad y drws. Sgrechfeydd ei ffrindiau.

Er cymaint roedd yn brifo i symud, gwyddai y byddai'n brifo llawer mwy i gael ei ddal a'i garcharu gan y Wrach.

Baglodd yn araf at y grisiau wrth i Alun godi. Anelodd gic yn erbyn ei dalcen er mwyn ei daro'n fflat ar lawr eto, cyn straffaglu i fyny'r grisiau at y llawr cyntaf.

"Sori," meddai Dan dros ei ysgwydd. "Tric gwael."

O'r drws, gwyliodd y Wrach y cyfan gyda'r awgrym lleiaf o wên, cyn iddi guro ei hadenydd a saethu fel corwynt i'r awyr.

09:37

Roedd Dan ar dop y grisiau cyn i Alun godi eto, yn rhegi ac yn poeri llond ei geg o waed ar y llawr pren.

Mentrodd Dan un olwg dros ei ysgwydd cyn diflannu ar hyd y landin. Pasiodd un drws, ac un arall, cyn taflu'r trydydd ar agor a gwibio i'r stafell y tu hwnt. Anadlodd yn ddwfn a chau ei lygaid wrth ddisgyn yn ôl yn erbyn y drws, a'r boen yn ei frest yn llifo'n ôl.

Roedd ei ffrindiau wedi mynd – y Wrach wedi eu cymryd, a dim ffordd o ddod â nhw'n ôl. Doedd dim newid hynny, ond roedd yn reit siŵr bod y fargen rhwng Alun a'r Wrach yn dibynnu arno'n rhoi *tri* o eneidiau iddi.

Petai'n methu ar ôl dau, fyddai'r fargen ddim yn gyflawn. Falle wedyn, byddai Emyr a Celt yn cael cyfle i symud ymlaen i rywle gwell, yn hytrach na bod y Wrach yn rheoli drostyn nhw am byth.

Rhyw ffordd neu'i gilydd, doedd Alun *a* Dan ddim yn mynd i adael y tŷ yn fyw.

Agorodd Dan ei lygaid ac astudio'r stafell

yn gyflym, gan ddifaru peidio dewis lle â mwy o lefydd i guddio. Rhy hwyr i ddod o hyd i stafell arall – gallai glywed Alun yn troedio'r grisiau, yn ei fygwth a'i alw'n bob enw dan haul.

Roedd gwely sengl wedi ei osod yn y gornel, y ffrâm haearn wedi rhydu'r mymryn lleiaf. Wrth ei ymyl roedd powlen seramig fawr yn llawn hen ddŵr budr, ac yng nghefn y stafell gwelodd Dan le tân oedd yn oer ers canrifoedd, a chlywed y gwynt yn chwibanu i lawr y simdde y tu ôl iddo. Yr unig beth arall yno oedd pâr o nodwyddau gweu ar y gwely, a sgarff wedi hanner ei gorffen rhyngddyn nhw – fel petai'r stafell newydd gael ei gwagio.

Aeth meddwl Dan yn ôl at ogof y Wrach yn syth. At y gwely pitw, a'r pwll o ddŵr wrth ei ymyl, a'r droell nyddu.

Roedd y stafell yma'n rhyfeddol o debyg…

Clywodd ddrysau'n cau'n glep ar y landin wrth i Alun agosáu. Camodd yn boenus yn ôl, oddi wrth y drws.

Trawodd gefn ei sawdl yn erbyn y wal bellaf. Siglodd ar ei draed yn ansicr, gan ddod yn agos at ddisgyn drwy'r ffenest fawr agored y tu ôl iddo.

Cyn iddo gael cyfle i sadio ei hun, ciciodd Alun y drws ar agor a sefyll ar drothwy'r stafell. Gwenodd yn llydan cyn camu i mewn unwaith, ddwywaith, deirgwaith, a chau'r drws yn hamddenol y tu ôl iddo.

"Wnei di dalu am hynna," meddai. "Nunlle i droi."

"Ti'n rêl seicopath bach joli, dwyt?" saethodd Dan yn ôl. "'Sa rhywun byth yn meddwl bod chdi newydd ladd dau o dy ffrindia gora."

"Ti'n meddwl 'mod i'n *mwynhau* hyn?" Dechreuodd Alun stelcian o amgylch y stafell. Ciciodd y bowlen seramig yn ei dymer, a thasgu dŵr dros y llawr a'r gwely. "Wnest ti ddim fy ngweld i ar ôl gorfod gwthio Celt i lawr y rhaeadr 'na. Nac ar ôl marw Ems, wedi i'r Wrach ein gwahanu ni."

Tasgodd y dagrau i lawr bochau Alun.

"Ro'n i mewn *darnau*, Dan. Fydda i'n cario'r baich yma am weddill fy mywyd."

"Mae 'nghalon i'n gwaedu drostot ti," meddai Dan, a gafael yn galetach yn ffrâm y ffenest. Dechreuodd glywed synau adenydd yn curo y tu ôl iddo, a llefain tawel. Doedd y Wrach ddim ymhell.

"Do'n i ddim yn disgwyl i ti ddallt," atebodd Alun yn chwerw. "All rhywun fel ti byth ddallt sut beth ydy bod mor unig â hyn. Diolch am yr holl negeseuon adeg marw Dad, *mêt*. Roeddan nhw'n *gymaint* o gysur."

Agorodd ceg Dan fel pysgodyn.

"Ond, mi *wnes* i yrru cwpwl..."

"Cwpwl," poerodd Alun yn ôl yn chwerw. "Cwpwl o negeseuon ar ôl marw fy nhad. Diolch, Dan. Rhaid bod hynny 'di cymryd hanner munud i ti. A dyna fwy o ymdrech na wnaeth Ems a Celt. Wnes i ddim dewis eich aberthu chi i'r Wrach ar hap, Dan. Roedd rhaid i fi feddwl yn galed cyn eich dewis *chi*."

Edrychodd y ddau yn syth i lygaid ei gilydd. Gwingodd Dan oherwydd y boen yn ei frest, a baglu eto. Siglodd yn ôl ac ymlaen yn y ffenest. Gwenodd Alun heb fymryn o hiwmor, yn teimlo bod ei foment fawr wedi dod.

Clywodd Dan sŵn siffrwd isel y tu ôl iddo. Trodd i weld siâp tywyll y Wrach yn gollwng drwy'r niwl yn urddasol, a setlo ar ochr y pwll yn yr ardd – fel crëyr glas yn disgwyl i bysgodyn neidio o'r dŵr.

Edrychodd hithau i fyny, ei hugan yn llithro'n ôl y mymryn lleiaf gan ddatgelu ei hwyneb – ac o dan y llygaid duon, a'r croen gwelw'n ymestyn yn dynn dros esgyrn ei bochau, gallai Dan weld gwên ddihiwmor arall.

Yr un wên *yn union*.

Ac yn yr hanner eiliad cyn i Alun ymosod, gwnaeth y cyfan synnwyr i Dan.

Nid cyd-ddigwyddiad oedd bod y stafell yma ac ogof y Wrach yn debyg. Ymdrech oedd yr ogof i edrych fel y stafell yma – ei hystafell *hi*.

"Doedd hi ddim yn forwyn nac yn ddynes hysbys," meddai Dan, bron wrtho'i hun. "Roedd hi'n un ohonoch *chi*. Un o'r teulu Aubrey."

Caledodd wyneb Alun yn syth.

"Does neb yn gwybod hynny. Does neb wedi *profi*..."

"Na, ond fysa hi ddim wedi mynnu'ch dilyn chi drwy'r canrifoedd fel arall. Dim ond mewn teulu ar chwâl gei di gasineb fel'na."

Lledodd lygaid Dan wrth i syniad arall ei daro fel mellten.

"Ac ydy hi erioed wedi gwneud unrhyw beth i *ferched* y teulu Aubrey?"

Agorodd Alun ei geg, yn barod i ateb, cyn ei chau'n glep – ond roedd hynny'n ddigon i Dan.

Chwarddodd yn haerllug ac ysgwyd ei ben.

"Be wnaethoch chi iddi, y diawliaid drwg?"

Doedd Dan ddim wedi bwriadu herio Alun, a'i brocio i wneud rhywbeth gwirion – ond dyna'n union ddigwyddodd. Rhuthrodd Alun ymlaen. Anelodd am asennau Dan, gan fwriadu gorffen y dasg ddechreuodd o ar y grisiau.

Doedd Alun ddim wedi disgwyl bod gan Dan y fath gryfder. Y fath awydd i fyw, ac i ddial dros ei ffrindiau.

Baglodd Dan o'r ffordd. Trawodd Alun yn erbyn ei ochr gan golli ei falans a disgyn allan drwy'r ffenest. Llwyddodd, ar yr eiliad olaf, i lapio ei hun o amgylch y ffrâm, ond doedd hi ddim yn hir cyn i'r hen breniau pwdr droi'n friwsion yn ei fysedd.

Dechreuodd regi, a brwydro'n galed i ddal ei afael.

Y tu ôl iddo, caeodd y Wrach ei llygaid, gan chwarae â wyneb y dŵr â'i bysedd hir.

Llithrodd Alun ymhellach cyn i un o'i ddwylo gau o amgylch sil y ffenest, ac yna'r llall. Tynnodd ei hun i fyny gan ddefnyddio ei holl egni, a chropian yn ôl i'r stafell fesul chwarter modfedd.

Roedd o bron iawn ag achub ei hun pan gamodd Dan o'i flaen. Gwthiodd bâr o nodwyddau gweu i gefn un o ddwylo Alun. Sgrechiodd yntau'n ôl. Gyda dim ond un llaw'n dal ei bwysau, chwalodd sil y ffenest yn fân oddi tano, a disgynnodd bymtheg troedfedd i'r ardd islaw.

Syllodd Dan i lawr, gan deimlo cymysgedd rhyfedd o gasineb a thosturi, wrth i Alun chwalu yn erbyn un o waliau'r ardd a bownsio oddi arno mewn ffrwydrad o greigiau.

Cododd Alun ei ben ac edrych i fyny at ffenest uchaf y tŷ. Edrychodd Dan yn ôl, a'r ddau'n rhannu un foment fach olaf rhyngddyn nhw cyn i ran helaeth o'r waliau dan y ffenest ddymchwel yn ddirybudd, a chladdu Alun dan bentwr o rwbel.

Gwyddai Dan ei fod wedi marw, hyd yn oed cyn i adenydd y Wrach guro. Cyn iddi hedfan ymhell uwchben y pwll.

Estynnodd ei breichiau i fyny, ac wrth iddi wneud, saethodd un tendril gwyrdd ar ôl y llall allan o'r pwll. Gafaelodd y cyfan yn Alun – yn ei goesau, ei freichiau, a'i wddw – a'i lusgo'n ôl i wyneb y pwll, oedd bellach yn ddŵr gwyn berw.

Diflannodd Alun a'r holl dendrilau o dan y dŵr.

Rhewodd Dan yn y ffenest, ei geg ar agor a theimlad sâl yng ngwaelod ei stumog.

Glaniodd y Wrach yn ysgafn o flaen y pwll. Edrychodd i'r awyr, a sgrechian yn hir.

Unwaith.

Ddwywaith.

Deirgwaith.

Wrth i'r sgrech olaf ddod i ben, a'r sŵn bylu'n ddim, teimlodd Dan y llawr yn symud oddi tano, fel petai ar fwrdd llong. Na, y *byd* oedd yn symud, yn troi wyneb i waered, wrth i'r wal o niwl o gwmpas y tŷ ruthro'n agosach.

Cyn i Dan droi o'r ffenest mewn braw, gwelodd y ddau gwdyn bychan oedd wedi eu clymu wrth y Wrach yn troi'n gant a mil o ronynnau tywod a chwythu i ffwrdd yn y gwynt. Clywodd Dan sgrechfeydd ei ffrindiau'n troi'n weiddi ecstatig wrth i'r Wrach golli ei gafael arnyn nhw, a'u gollwng yn rhydd.

Trawodd Dan yn erbyn y llawr pren, ac aeth popeth yn ddu. Saethodd poen trwy ei gorff eto ac eto, a dechreuodd deimlo ofn yn gafael ynddo, cyn i lais croch ond rhyfeddol o dyner sibrwd yn ei glust.

Bydd popeth yn iawn.

Bryd hynny, roedd yn gwybod ei fod yn mynd adre.

10:00

DEFFRODD DAN MEWN ADFAIL.

Dim ond rhannau o'r llawr pren oddi tano oedd ar ôl, a'r rheini wedi pydru'n ulw. Roedd y waliau a'r to mewn siâp gwaeth fyth, gyda dim ond sgerbwd carreg main yn dal i sefyll.

Ond yr un tŷ oedd o yn sicr. Roedd siâp y sgerbwd yn dangos yn glir lle'r oedd yr hen ffenest fawr, a marciau llosg yn dal i fod ar y brics o amgylch y lle tân. Yr un tŷ... ond byd gwahanol.

Roedd yr awyr yn llawn dafnau o law, yn dawnsio'n ysgafn o'r cymylau, ond doedd dim niwl mewn golwg, heblaw am gwmwl bach ohono yn y pellter, yn cyrlio'n gorwynt bychan cyn chwythu i ffwrdd uwchben copa'r bryn agosaf.

Rhowliodd Dan ar ei gefn, a dod yn beryglus o agos at ddisgyn trwy hollt llydan yn y llawr. Llonyddodd ei hun, gan arafu ei anadlu, a gwneud ei orau i stopio ei galon rhag curo fel drwm.

Cododd ar ei liniau'n araf, ac yna ar ei draed. Dechreuodd gamu ar hyd gweddillion y llawr yn bwyllog, cyn rhedeg yr ychydig gamau olaf a lapio ei hun o amgylch yr hyn oedd ar ôl o'r muriau.

Heb ffordd o gyrraedd y llawr isaf, eisteddodd yn ofalus cyn gollwng ei hun ar bentwr o rwbel.

Wrth i Dan lithro i lawr, ei draed yn cyrraedd tir solet o'r diwedd, clywodd ambell fricsen yn disgyn o'r muriau uwch ei ben, a'r gwynt yn codi o amgylch y tŷ.

Dechreuodd sylweddoli nad oedd y lle'n saff, ac yn mynd yn fwy peryglus bob munud. Rhedodd allan drwy'r drws. Taflodd ei ben yn ôl, gan adael i'r glaw olchi drosto, a meddwi ar y teimlad o fod yn fyw.

Ond yna cofiodd, am y tro cyntaf ers deffro, ei fod wedi byw trwy hunllef pur – a dim un o'i ffrindiau wedi goroesi. Teimlodd ei draed yn troi'n blwm wrth weld pant dwfn o flaen y tŷ lle'r oedd yr hen bwll wedi bodoli, ganrifoedd yn ôl. Rhynnodd, ei goesau'n wan, wrth gofio am Alun yn cael ei lusgo dan y dŵr.

Doedd dim byd yno rŵan ond brics, chwyn wedi clymu o amgylch ei gilydd, ac ambell botel gwrw wedi eu gadael gan bobl ifanc oedd yn ddigon dewr i fentro yno.

Dim dŵr. Dim Gwrach y Rhibyn. Dim Alun.

Brwydrodd ymlaen trwy'r cylch o goed oedd yn cuddio'r tŷ rhag gweddill y byd. Gafaelodd yn ei asennau, gan adael byd y Wrach y tu ôl iddo'n llwyr.

Roedd gweddill y siwrne'n ôl yn boenus ac yn flinedig, ond o leiaf roedd cyfeiriad ei daith yn ddigon amlwg. Wedi i Dan adael cysgod y coed, gallai weld eu gwersyll ger y nant yn y pellter – fel petai dim byd o gwbl wedi digwydd.

Gwthiodd Dan yn ei flaen, gan anghofio am unrhyw lwybrau, a thorri ei ffordd ar draws gwlad mewn llinell syth, tuag at y gwersyll.

Ar ôl cyrraedd, â'i asennau'n sgrechian mewn poen, daeth y dagrau. Aeth ar ei gwrcwd ger olion y tân a llefain yn hir, a gadael i'r glaw olchi drosto.

Doedd o byth yn siŵr, wrth feddwl yn ôl, faint o amser aeth heibio yn y gwersyll, gydag olion ei ffrindiau o'i amgylch ym mhob man.

Ond wrth gofio'r adeg, ymhen

blynyddoedd, gallai glywed y llais dorrodd ar draws y cyfan yn glir, a'r geiriau'n tasgu dros ei gilydd mewn acen gref y Cymoedd.

"Morning, mate. You do know wild camping is illegal? Better clear out before anyone else shows up. Not everyone's as friendly as me, like."

Edrychodd Dan i fyny, ei lygaid yn goch, i weld hen ddyn mewn côt law yn syllu'n ôl, ffon gerdded mewn un llaw a milgi gwyn ar dennyn yn y llall.

"I... I lost my friends," llwyddodd Dan i dagu, cyn i'r dagrau lifo eto. Heb wybod yn iawn beth arall i'w wneud, mentrodd yr hen ddyn ychydig o gamau yn ei flaen, a dechreuodd ei gi lyfu'r dagrau oddi ar fochau Dan.

"Can I help?" awgrymodd y dyn yn dawel. "Where do you think they might be, mate?"

Edrychodd Dan o'i gwmpas. Am eiliad yn unig, dychmygodd weld Celt, Emyr – a hyd yn oed Alun – yn cerdded ar hyd glannau'r nant tuag ato, yn chwifio'u dwylo'n hapus, fel petai'r cyfan wedi bod yn freuddwyd drwg.

Na, roedden nhw wedi mynd. Ond i ble?

"I've no idea where they are," atebodd Dan.

Ac roedd pob un gair yn wir.

10:46

GAN ADAEL Y GWERSYLL, crwydrodd y ddau ddyn a'r ci eu ffordd at waelod Cwm Darran, yn araf i ddechrau, ac yna'n arafach fyth wrth i asennau Dan sgrechian arno go iawn, yn mynnu sylw.

Yn y maes parcio, roedd teuluoedd yn gadael eu ceir, yn barod am ddiwrnod o gerdded, ac ambell blentyn yn llyfu hufen iâ yn fodlon. Fan hyn, roedd bywyd yn mynd yn ei flaen, a neb ag unrhyw syniad am y fath bethau hunllefus oedd yn cuddio y tu hwnt i gopa'r bryn agosaf.

Gwnaeth Dan ei orau i beidio edrych ar gar Alun wrth basio, gan ganolbwyntio ar ddringo i hen fan ei gyfaill newydd, wrth i'r ci wneud ei hun yn gyfforddus wrth ei ymyl.

Gyrrodd yr hen ŵr o'r maes parcio mewn tipyn o frys, gan gynnig mai'r ysbyty oedd y lle gorau i fynd – ond mynnodd Dan ei fod yn anelu'n syth am swyddfa'r heddlu.

Doedd o ddim wedi llwyddo i esbonio llawer i'r hen ddyn – ond allai o ddim mynd llawer hirach cyn adrodd rhyw fersiwn o'i stori wrth rywun. Roedd ei berfeddion yn llosgi, cymaint roedd o eisiau gwneud.

Ffarweliodd â'r hen ddyn a'i gi ym Margoed, o flaen dwy siop gebábs drws nesaf i'w gilydd, a chroesi'r ffordd at yr orsaf heddlu.

Aeth y munudau wedyn heibio mewn un niwl dryslyd.

Yn nes ymlaen, gallai gofio sôn wrth yr heddlu – yn herciog, yn ansicr – fod ei ffrindiau wedi mynd ar goll ar y bryniau. Gallai gofio cyfaddef ei fod wedi gwersylla ar dir gwyllt heb ganiatâd, a derbyn pa bynnag gosb oedd yn dilyn.

Gallai gofio gwneud pwynt o ofyn am gael sgwrsio â'i wraig dros y ffôn, ac esbonio iddi lle'r oedd o ac yn ei siarsio i ddod i'w nôl.

Gallai gofio'r ymdrech fawr i beidio llefain yn y fan a'r lle.

Gallai gofio cael ei hebrwng i stafell fach yng nghefn yr orsaf, ei wthio tuag at fwrdd, ac aros ar ei ben ei hun wrth i'r drws gau.

Gallai gofio wynebau ei hen ffrindiau – Celt, Emyr ac Alun – yn nofio i'w feddwl bryd hynny, cyn i lygaid duon Gwrach y Rhibyn foddi'r cyfan.

Gallai gofio'r drws yn agor, a phlismon moel, canol oed yn eistedd o'i flaen, cyn iddo orfod esbonio popeth o'r cychwyn.

Gallai gofio agor ei geg, a dechrau siarad.

MEHEFIN 4, 2023
09:35

Safodd Dan o flaen drych yn ei stafell wely, a chlymu tei ei siwt ddu gyda'i feddwl ymhell.

Roedd o wedi ofni'r diwrnod yma ers peth amser. Teimlodd mai'r unig ffordd i oroesi'r holl beth oedd troi ei feddwl i ffwrdd. Hwylio trwy'r diwrnod fel petai'n cerdded yn ei gwsg, a gwneud ei orau i anwybyddu popeth oedd yn cael ei daflu ato.

Daeth Beca i mewn, hithau mewn du i gyd, a Gwyneth fach yn clebran yn ei breichiau.

"Mae'r hogan drws nesa yma i edrych ar ôl Gwynni," meddai Beca'n addfwyn. "Barod i fynd?"

Brwsiodd Dan ei law yn erbyn y pwt o wallt cyrliog ar ben ei ferch.

"Nag'dw. Ond..."

Plannodd Beca gusan ysgafn ar foch ei gŵr, cyn ei arwain i lawr y grisiau, rhoi Gwyneth yn ddiogel ym mreichiau'r gwarchodwr, ac eistedd y tu ôl i lyw'r car.

Eisteddodd Dan wrth ei hymyl a chau ei

lygaid wrth i Beca yrru'r awr a chwarter at y gwasanaeth coffa.

Doedd cael angladdau llawn i Celt, Emyr ac Alun ddim yn bosib, wrth gwrs – nid heb ddod o hyd i'w cyrff. Roedd yr heddlu a llu o wirfoddolwyr wedi bod yn crwydro bryniau Cwm Darran yn ddi-stop ers wythnosau er mwyn eu darganfod ... ond heblaw am y gwersyll, doedd dim math o arwydd eu bod wedi bod yno erioed.

Gwasanaeth coffa amdani, felly. Cyfle i'w teuluoedd a'u hen ffrindiau ysgol gofio amdanyn nhw. Gwneud ymdrech i chwerthin. Gwneud un apêl olaf o flaen y camerâu teledu, rhag ofn eu bod nhw'n cuddio yn rhywle ac mai jôc fawr oedd y cyfan.

Wrth gwrs, fe fyddai sylw pawb ar Dan, a phob math o straeon yn cael eu hadrodd amdano y tu ôl i'w gefn – yr un ohonyn nhw'n rhai caredig.

Lwyddodd o ddim i esbonio ei stori i'r heddlu yn y diwedd. Nid ym Margoed, na nes ymlaen, ar ôl iddyn nhw ei symud i orsaf llawer mwy yng Nghaerdydd.

Ddywedodd o ddim celwydd, yn union.

Soniodd – eto ac eto – bod niwl wedi disgyn dros y bryniau, a bod ei ffrindiau wedi mynd allan i grwydro yng nghanol y cyfan. Soniodd ei fod wedi deffro, a'i ffrindiau wedi mynd.

Wnaeth o ddim sôn *lle* roedd o wedi dod ato'i hun, na dweud gair am ei brofiadau hunllefus cyn hynny.

Hyd yn hyn, roedd yn wynebu dirwy o ychydig gannoedd o bunnoedd am wersylla heb ganiatâd... a dyna i gyd.

Rai dyddiau ar ôl cyrraedd adre, a'i enw wedi cael ei daflu dros dudalennau blaen y papurau, trodd at Beca yn y gwely ac esbonio'r cyfan. Chafodd yr un ohonyn nhw lawer o gwsg y noson honno chwaith.

Mynnodd Beca – i'w wyneb, o leiaf – fod straen y profiad, a'i obsesiwn â llên gwerin, wedi cymysgu yn ei ben a chreu realiti cwbl wahanol.

Yn breifat, wrth iddi droi a throsi yng nghanol nos, dechreuodd Beca amau ei hun. Doedd dychymyg ei gŵr ddim mor fyw â *hynny*... ac wedyn yr olwg ar ei wyneb wrth iddo sôn am Wrach y Rhibyn. Golwg o ofn pur. *Gwaeth* nag ofn – arswyd. Y math o arswyd mae rhywun yn tyfu allan ohono ar ôl plentyndod.

Doedd o erioed wedi newid gair o'i stori, hyd yn oed ar ôl iddi ei gwestiynu'n dwll. Hyd yn oed ar ôl i'r ysgol fynnu ei fod yn cymryd saib hir o'i waith fel athro, gan wrthod addo y byddai'n cael dod yn ôl. Roedd pob manylyn bach yn ei le, a'r holl beth yn swnio mor… gredadwy.

Rhoddodd Beca gynnig ar anghofio am hynny i gyd wrth barcio ger yr amlosgfa ar gyrion Aberystwyth. Trodd torf enfawr o bobl mewn du ati ar unwaith. Doedd yr un ohonyn nhw'n edrych yn gyfeillgar iawn.

"Blydi hel," meddai Dan, a sylwodd Beca mai dyna'r peth cynta iddo ddweud ers cychwyn y siwrne.

Suddodd Dan yn ei sedd.

Roedd o wedi dechrau arfer â'r holl sylw erbyn hyn. Roedd podlediadau a chylchgronau trosedd wedi bod yn sniffian o'i amgylch yn barod – a'r rhai oedd yn ymwneud â'r paranormal wedi gweithio'n gyflymach fyth. Rai dyddiau'n ôl, roedd rhaglen o America o'r enw *Astonishing Legends* wedi gwneud pennod gyfan am "The Darran

Valley Mystery" a beio'r cyfan ar dirlithriad, neu ar arf cudd gan y fyddin, neu ar fodau o blaned arall.

Diolchodd Dan nad oedden nhw wedi clywed am Wrach y Rhibyn.

Sleifiodd allan o'r car. Gafaelodd yn dynn yn llaw ei wraig. Llithrodd y ddau trwy dorf drwchus o bobl – rhai'n gyfarwydd i Dan, ac eraill yn gwbl newydd iddo, ond pawb yn edrych arno gydag amheuaeth, tosturi, neu ofn.

Y foment waethaf oedd gorfod pasio brodyr Alun – Ifan a Geraint – wrth i Dan fynd tua'r sedd oedd wedi ei chadw iddo ym mlaen yr amlosgfa. Roedd o wedi cwrdd â'r ddau sawl gwaith, a'r tri wedi bod yn weddol gyfeillgar – ond roedd y dyddiau yna, fwy na thebyg, ar ben am byth.

Wrth basio, gallai Dan deimlo eu llygaid yn llosgi cefn ei wddw – teimlo'r peth go iawn, fel petai rhywun yn dal procer poeth yn ei erbyn.

Eisteddodd, ac edrych yn syth o'i flaen heb symud modfedd.

Daliodd i syllu wrth i un siaradwr ar ôl y llall gamu i flaen yr ystafell. Un o ffrindiau gorau Celt, hyd yn oed yn fwy boliog a swnllyd, yn adrodd straeon doedd yn sicr *ddim* yn addas ar gyfer gwasanaeth coffa. DJ enwog o Radio Cymru yn canmol Emyr i'r cymylau. Brodyr Alun yn olaf, yn mwmian yn sych heb ddweud llawer o ddim.

Aeth y cyfan heibio'n boenus, boenus o araf – yn teimlo'n hirach i Dan, hyd yn oed, na'i noson heb gwsg yn y babell. Ar ddiwedd y gwasanaeth, trodd mwy o bobl ato, yn disgwyl gair neu ddau ganddo. Esboniad. Ymddiheuriad. Rhywbeth.

Gwnaeth Dan ddim ond ysgwyd ei ben a brwydro yn erbyn dagrau. Clywodd ambell un yn ochneidio, ac eraill yn rhegi a galw enwau heb wneud unrhyw ymdrech i guddio'r peth.

Clywodd y dorf yn codi o'u seddi y tu ôl iddo. Mân siarad. Ceir yn cychwyn yn y pellter. Un cyflwynydd teledu yng nghefn y stafell, yn siarad yn llawer rhy uchel wrth ffilmio pwt ar gyfer y newyddion.

Teimlodd law Beca'n tynhau am ei fysedd wrth i Ifan a Geraint sefyll o'i flaen, yn taflu cysgod drosto.

"Ti'n deud celwydd," meddai Ifan yn

blaen. "'Dan ni'n dau yn gwbod hynny'n iawn."

"Lle ma Alun?" gofynnodd Geraint, ei ddwylo'n ddyrnau.

Ei geg yn sych, doedd Dan ddim yn medru gwneud llawer mwy nag ysgwyd ei ben.

"Rhowch amser iddo fo," meddai Beca rhwng ei dannedd. "Plis."

Torrodd rywbeth y tu mewn i Geraint, a chamodd yn fygythiol yn ei flaen.

"Amser? Faint o amser ti'n meddwl sy gynnon ni? Cadwa dy drwyn allan o hyn, yr..."

Llamodd Dan i'w draed, ond cyn iddo gael cyfle i amddiffyn ei wraig, daeth cri aderyn o'r coed o amgylch yr amlosgfa. Neidiodd Ifan a Geraint yn eu crwyn, bron i freichiau ei gilydd. Dechreuodd Dan ddeall bod llawer mwy i'r ddau na thymer drwg.

Roedden nhw'n arswydo hefyd.

Law yn llaw â'i wraig, camodd Dan i ffwrdd, gan benderfynu bod y brodyr wedi dioddef digon yn barod.

Heb air, rhuthrodd Ifan a Geraint allan. Dilynodd Dan a Beca o bellter, a'r dorf wedi teneuo. Safodd y ddau yng nghysgod y drws, yn gwylio'r brodyr yn ysgwyd dwylo ag ambell un cyn dringo i gar, a chychwyn yr injan.

Edrychodd Dan i fyny wrth weld siffrwd yn y coed, ymhell uwchben y ffordd. Yr aderyn, debyg iawn, neu...

Na. Roedd yr adenydd yna'n *llawer* rhy fawr.

Cododd Gwrach y Rhibyn uwchben y coed a syllu'n syth at Dan, ei llygaid duon yn disgleirio dan yr hugan.

Roedd Dan yn gwybod yn iawn nad oedd unrhyw un arall yn medru ei gweld – ac yn gwybod, o'r cwdyn newydd sbon oedd wedi ei glymu ar raff o amgylch ei chanol, ei bod wedi hawlio enaid Alun.

Roedd angen dau enaid arall arni, yn dal i fod.

"Gymrest ti dy amser," meddai. Trodd Beca tuag ato.

"Be?"

Ysgydwodd Dan ei ben.

"Dim byd, 'sti."

Gwichiodd teiars y car wrth i frodyr Alun wibio i lawr y lonydd cul a throellog tuag at Clarach a Llangorwen a Bow Street.

Gan sgrechian ddwywaith, curodd Gwrach y Rhibyn ei hadenydd yn galetach fyth, a hedfan ar eu holau.

Hefyd yn y gyfres:

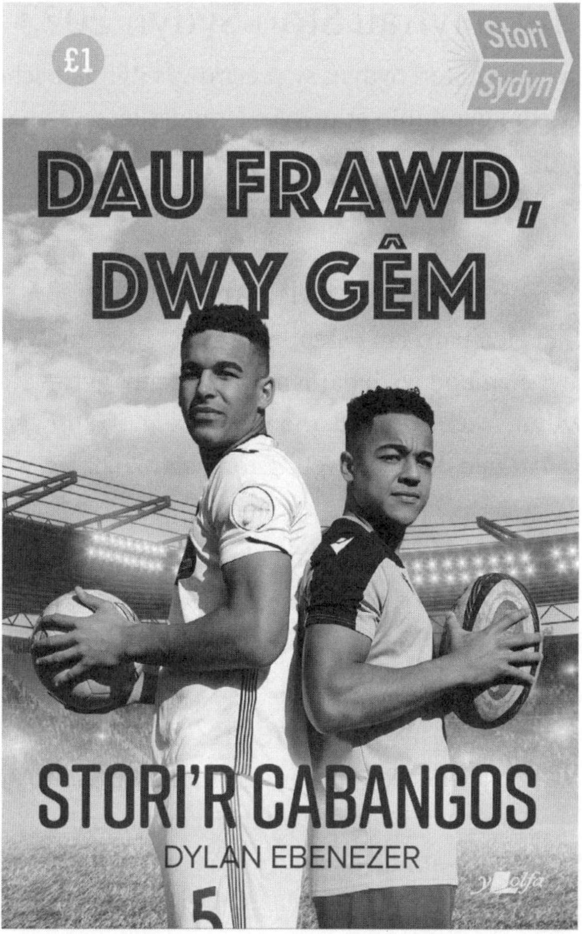
£1
Stori Sydyn
DAU FRAWD, DWY GÊM
STORI'R CABANGOS
DYLAN EBENEZER

Llongyfarchiadau ar gwblhau un o lyfrau Stori Sydyn 2023

Mae prosiect Stori Sydyn, sy'n cynnwys llyfrau bachog a byr, wedi'i gynllunio er mwyn denu darllenwyr yn ôl i'r arfer o ddarllen, a gwneud hynny er mwynhad. Gobeithiwn, felly, eich bod wedi mwynhau'r llyfr hwn.

Hoffi rhannu?

Gall eich barn chi wneud y prosiect hwn yn well. Nawr eich bod wedi darllen un o lyfrau'r gyfres Stori Sydyn, ewch i www.darllencymru.org.uk i roi eich sylwadau neu defnyddiwch @storisydyn2023 ar Twitter.

Pam dewis y llyfr hwn?
Beth oeddech chi'n ei hoffi am y llyfr?
Beth yw eich barn am y gyfres Stori Sydyn?
Pa Stori Sydyn hoffech chi ei gweld yn y dyfodol?

Beth nesaf?

Nawr eich bod wedi gorffen un llyfr Stori Sydyn – beth am ddarllen un arall? Edrychwch am deitl arall cyfres Stori Sydyn 2023.